NHK 100分 de 名著 ブックス

代表的日本人

Representative Men of Japan

永遠の今を生きる者たち

内村鑑三

Uchimura Kanzō

若松英輔

NHK出版

はじめに――内村鑑三とは誰か

『代表的日本人』は、内村鑑三の主著の一つといってよい一冊です。刊行から百年以上が経過していますが、今もなお、人々の心を動かし続けています。

その一方で今日、内村の名前を知る人が少なくなっているように思われます。この本を皆さんと読み解くにあたって、まず、内村鑑三とは誰か、この人物を何と呼ぶべきか、どんな使命を背負って生涯を送ったのかを考えてみたいと思います。

一般に内村鑑三が紹介されるとき、よく「キリスト教思想家」と書かれています。誤りではないのですが、彼が考えていたキリスト教と、世に知られているキリスト教が、少し異なることは理解しておかなくてはならない。彼は、従来のキリスト教のあり方にとても大きな疑問を投げかけました。

教会は不要なのではないか、教会で行われる儀式、それを執り行う聖職者も不要なのではないかと語ったのです。すべての人間は、個であるままキリストと結びつくことができる、といい、「無教会」という立場を説いたのでした。

内村鑑三は、一八六一年、高崎藩の武士の家に生まれました。札幌農学校でキリスト教に出会い、洗礼を受けます。同級生には『武士道』の著者で思想家の新渡戸《にとべ》稲造、植物学者の宮部金吾らがいました。卒業後、彼はアメリカにわたります。そして、それまでのことを書いたのが英文の自伝『余《よ》はいかにしてキリスト信徒となりしか』で、この本は内村の生前から世界各国で広く読まれました。彼は、自分にとってのキリスト教は、西洋からもたらされた外来の宗教ではなく、日本人の心の求めとして結実したものであると語ったのです。『代表的日本人』（一九〇八年）は、その希求する働きが古くは日蓮に発したもので、西郷隆盛まで脈々とつながり、ついに自分に到達したということを述べた本でもあります。

帰国後、第一高等中学校の教師をしていたとき、教育勅語への礼拝を十分にしなかったことが不遜とされ、社会から厳しく弾圧されることになります。これはのちに「不敬事件」と呼ばれます。

この出来事により、教職を追われ、同志だと思っていたキリスト教会からも追われることになります。さらに彼は、病を背負い、生死の境をさまようところまで行きます。

このとき、世に見捨てられた内村を支え、献身的に看病したのが、妻かずでした。内村は回復しますが、妻が亡くなります。

のちに、彼は『基督信徒のなぐさめ』（一八九三年）と題する本を書きます。この本が、思想家内村鑑三の誕生を告げることになります。ここで彼は、はじめて「無教会」という言葉を用いています。

内村をめぐっては「二つのJ」という表現を聞いたことがあるかもしれません。イエス・キリスト（Jesus）と日本（Japan）です。彼はこの「二つのJ」への献身を誓います。それは神と隣人と言い換えることができるかもしれません。理想と現実とも言えます。『代表的日本人』は、この「二つのJ」を生きた内村の境涯を知るにもとても重要な一冊です。

『代表的日本人』は、日本が近代化を推し進めていた明治時代、英語で出版されました。

この本は、同時期に、同じく英語で書かれた新渡戸稲造の『武士道』（一八九九年）、岡倉天心の『茶の本』（一九〇六年）とともに、日本人の精神性を世界にむけて発信した名著として知られています。

この本が取り上げているのは、西郷隆盛、上杉鷹山《ようざん》、二宮尊徳、中江藤樹《とうじゅ》、日蓮の五人の生涯です。しかし、実際に読んでみると、彼らの歴史的業績や名言を連ねた、いわゆる偉人伝とは異なるものであることに、すぐ気が付くと思います。じつは、この本の本当の主役は五人の人間ではなく、彼らを超えたものの存在なのです。

それを内村は「天」と書いています。人は、「天」に導かれるとき、どのように人生を切り拓き、苦悩や試練と向き合うことができるのか。また、そこで他者と時代と、どのように関係を作り上げてゆくことができるのかが、この本には活《い》き活きと語られています。

さらにここで登場する五人は、内村の先達であり、彼の鏡のような存在です。この本は他者の伝記のかたちをした内村鑑三の精神的自叙伝でもあるのです。『代表的日本人』は、西郷から日蓮へとおおよそ時代をさかのぼるように書かれていますが、逆に、精神的には章を重ねるたびに内村に近づいていくという構造になっています。

武士の家に生まれても時代が変わって武士としては生きなかった内村にとって、西郷は時代や生まれは近いけれども、立場的には遠い人でした。鷹山、尊徳、藤樹は、内村がなり得た人物です。

内村は、鷹山のように無教会という精神的共同体を率いて「聖書之研究」という雑誌を長く刊行し、全国に勉強会の集まりをつくってゆくなど尊徳を思わせる実践家としても優れていました。藤樹のような教育者として生きた時代もありました。広い意味でいえば、内村は、時代の教師でもあったのです。

そして、キリスト教徒である内村にとって、心情的にいちばん近しい人は、いちばん時代の離れている、異教徒だった日蓮です。

五人の生涯は、内村のなかにある可能性であり、生きる力の象徴でもあります。私たちは必ずしも内村のように西郷を、鷹山を、尊徳を、藤樹を、日蓮を読む必要はありません。本に「正しい」読み方などないのです。私たちは内村の言葉をたよりに「私の西郷」「私の日蓮」を見つけてよいのです。

さらにいえば、私たちはそれぞれ、内村とは全く別な「私」の『代表的日本人』を書くことすらできるはずです。

『代表的日本人』のような古典は、人生のさまざまなときに、別々な語りかけをしてきます。良書は、読まれることによっていっそう豊かになっていきます。それは読者とともに育ち、読者によって完成されるものです。五人すべてに関心が持てなくてもかまいません。今の「私」にとっての「代表的日本人」を見つけるような心持ちで、この小さな、しかし、力強い言葉に満ちた本を読み進めていただけたらと思います。

目次

＊本書における『代表的日本人』の引用は、鈴木範久訳『代表的日本人』（岩波文庫版、２０１２年４月24日　初版第36刷）によっています。

第1章――無私は天に通じる

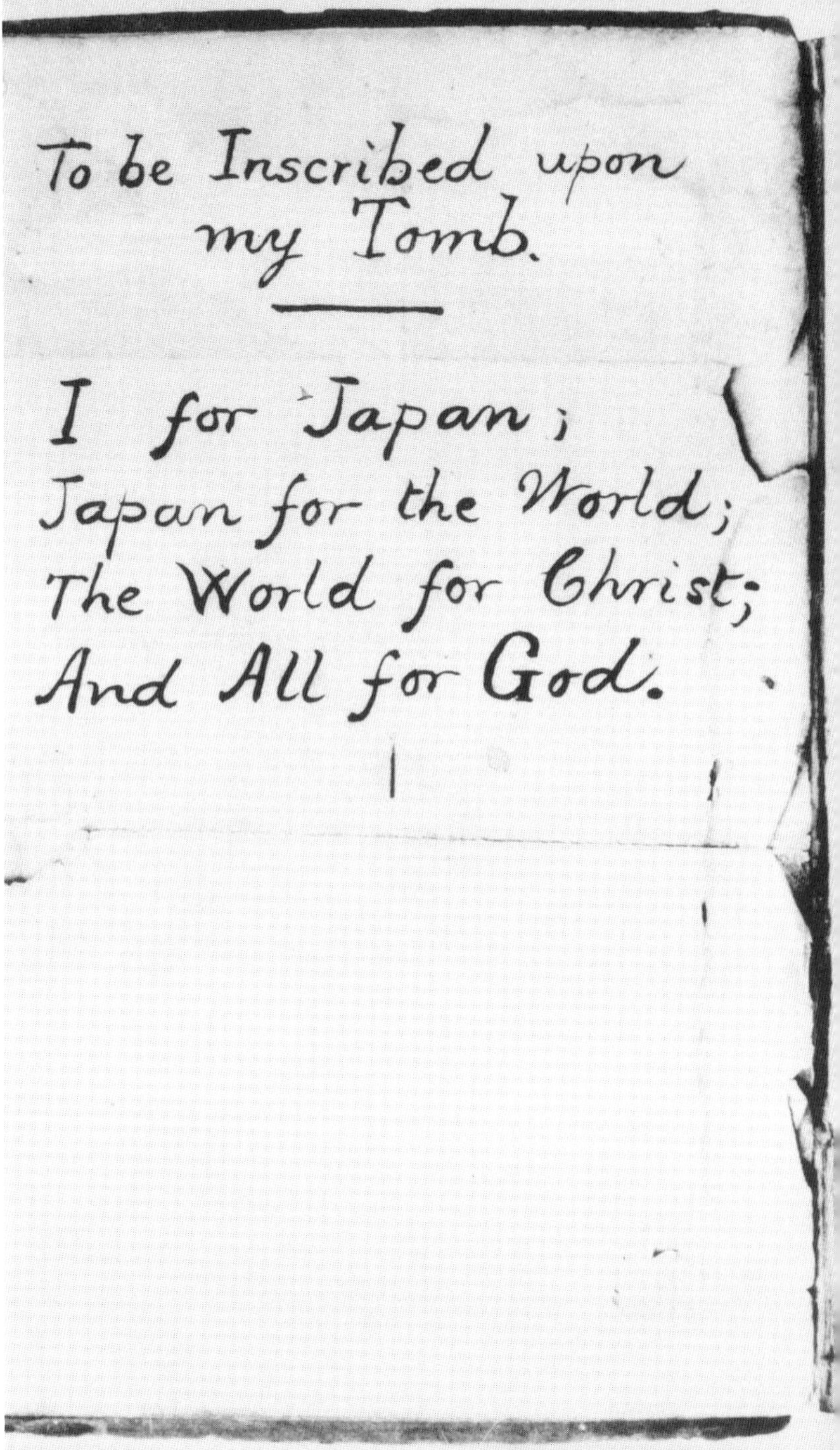
To be Inscribed upon
my Tomb.

I for Japan;
Japan for the World;
The World for Christ;
And All for God.

著述家内村鑑三の誕生

『代表的日本人』には、原型である"*Japan and the Japanese*"(『日本及び日本人』)という著作があり、一八九四年に出版されています。その後、一九〇八年に人物論のみとして改版して"*Representative Men of Japan*"という原題で、あらためて刊行されます。この本が翻訳されたものが『代表的日本人』です。

ここでは鈴木範久氏の訳文を用います。この本には複数の翻訳がありますが、この鈴木氏の業績がもっとも優れていて、かつ平易です。鈴木氏は現代で随一の内村鑑三の研究者であり、自身もまた優れたキリスト教思想家でもあります。

『日本及び日本人』から『代表的日本人』が生まれるまでの期間に、日本は二つの戦争を経験しています。『日本及び日本人』執筆の年に起きた日清戦争、そして、一九〇四年に開戦した日露戦争です。『代表的日本人』は、戦争によりナショナリズムが高揚した時代に生まれた作品でした。

ここで問題となるのは内村の戦争への態度です。日清戦争のとき、内村はまだ、場合によっては戦争することがあるという立場に立っています。彼は「日清戦争の義」[*1]という文章を書き、この戦争は「義戦」と述べています。しかし、日露戦争が始まる前になると、絶対非戦を唱えるようになる。

一九〇三年、内村は「戦争廃止論」[*2]と題する文章を発表し、非戦の立場を明確に語り始めます。どんな理由があっても、戦争を認めることはできない、と彼はさまざまなところで語り、また文章として発表し続けました。

時代とともに、思想家あるいはキリスト者内村鑑三が変貌してゆく時期に、『代表的日本人』の原型が生まれ、完成していったことは、この本と作者である内村鑑三の精神を理解する上でとても重要なことだと思います。

最初の著作となった『基督信徒のなぐさめ』を発表したのは一八九三年です。『日本及び日本人』が発表されたのは、その翌年です。『代表的日本人』は、内村の代表的著作であるとともに彼の初期の思想が凝縮した本でもありました。

人間を超えたものと接する

『代表的日本人』が出版される六十年ほど前、よく似たタイトルの本がアメリカで出版されています。ボストンを本拠地に活動していた思想家エマソン[*3]の“*Representative Men*”（一八五〇年／邦訳『代表的人間像』酒本雅之訳、一九六一年）です。

二つの作品はタイトルばかりでなく、本文の構造も大変よく似ています。内村が『代表的日本人』で書いたのは、次の五人です。
西郷隆盛（革命家、政治家）
上杉鷹山（藩主、行政改革者）
二宮尊徳（農政改革者、思想家）
中江藤樹（儒者、教育家）
日蓮（僧、伝道者）
一方、エマソンは『代表的人間像』で次の六人を取り上げています。
プラトン[*4]（哲学者）
スウェーデンボリ[*5]（神秘家）
モンテーニュ[*6]（随想家）
シェイクスピア[*7]（詩人、劇作家）
ナポレオン[*8]（政治家）
ゲーテ[*9]（著述家、科学者）
時代をまたいで、さまざまな分野で活躍した人たちを取り上げる構成は、『代表的日本人』と近似しています。
もちろん、似せて書いたのは内村です。エマソンの本が出版され、この人物の思想がアメリカで広く読まれ始めた頃、内村はアメリカ留学しています。内村はエマソンの著作を読んでいます。『基督信徒のなぐさめ』にはエマソンの名前が何度か出てきますし、自伝である『余はいかにしてキリスト信徒となりしか』（一八九五年）を見ると、"*Representative Men*"という書名こそ出てきませんが、エマソンの名前を散見することができます。

さらに、エマソンの作品に似た構造をもった『代表的日本人』を英語で書いた、ということには、とても大きな理由がありました。

当時の欧米人は、日本人が自分たちの精神を欧米の言葉で語るとは考えていませんでした。この頃の日本人が欧米人の目にどう映っていたかは、内村の『基督信徒のなぐさめ』の序文「回顧三十年」にまざまざと描かれています。

ちょうどそのころのことであった。米国の学校において余と同級生たりし米国人某氏が、余を京都の寓居《ぐうきょ》におとのうた。彼は余に問うて言うた、「君は今何をなしつつあるか」と。余は彼に答えて言うた、「著述に従事しつつある」と。彼はさらに問うて言うた、「何を翻訳しつつあるか」と。余は答えて言うた、「余は自分の思想を著わしつつある」と。この答えに対して、彼は「ほんとうに（インディード)!」と言うよりほかに言葉がなかった。まことに当時の米国人(今もなおしかり)の、日本のキリスト信者に対する態度はたいていかくのごときものであった。そして、かくのごとき時にあたって、欧米の教師によらずして、直ちに日本人自身の信仰的実験または思想を述べんと欲するがごときは大胆きわまる企図《くわだて》であった。

(『内村鑑三信仰著作全集 二』教文館)

西洋の人々は、日本人が自ら内なる思想、精神の遍歴を語り得るとは思っていない。日本は世界から十分な尊敬を受けてはいなかった、と述べているのです。そうした偏見を抱いている英米の人々にむかって内村は、彼らの母国語である英語で書いた。そこには東洋もまた、自らの歴史に独自の「代表的人物」を有しているということを、広く世界に呼びかけたい、という彼の願いが秘められています。

エマソンの『代表的人間像』のような作品は、西洋だけでなく、さまざまな民族・文化において書き得る。中国の人なら『代表的中国人』、韓国の人なら『代表的韓国人』を書くことができる。西洋文明だけが世界に唯一の文明ではないのだ、ということを間接的にではありますが強く表現したといえます。ここでは詳論できませんが、内村の弟子は日本人だけではありません。のちに韓国で宗教者として大きな影響力をもつ咸錫憲《ハンソクホン》

（[*10]一九〇一〜八九）もある時期内村の門下の一人でした。

こうした時代背景のなかで『代表的日本人』は、世界に驚きと称賛をもって迎えられ、それが今日まで続いているのです。

また、エマソンの言葉を受け容れ、そこに自らの思想を発展させたところには、内村鑑三の宗教的寛容の精神がとてもよく表れています。

キリスト教では、イエス・キリストは人間の姿をして生まれましたが、同時に神であると考えられています。別な言い方をすればイエスがキリスト（救い主）であり、神であると信じるのがキリスト教だといえる。

しかし、エマソンの立場は違いました。イエスは偉大な人物だが、あくまでも人間であるとエマソンは考えました。そうした人々のことをユニテリアン[*11]といいます（しかしのちにエマソンはユニテリアンの人々ともたもとを分かつようになります）。内村の著作を読むとユニテリアンの人々としばしば烈《はげ》しい衝突があったことがうかがわれますが、エマソンは別でした。

神をどう認識するかは内村にとって、もっとも重要な問題の一つです。教義の上では、内村はエマソンと容易に仲良くはなれないどころか、エマソンを否定しなければならないはずです。しかし彼はそうしません。神への理解が食い違っていたとしても、エマソンの言っていることが正しければ積極的に採り入れて、本の題名にまで反映する。自分はキリスト教徒だから他教徒の言うことは間違いだ、と考えるようなことは内村にはありません。

彼は、誰が言ったかではなく、何が言われているのかに、目を向ける。人間の立場による権威ではなく、真実の力によりそいたいと願ったのです。

そうした内村の心情がよく感じられる一文が『代表的日本人』ドイツ語訳版の後記にあります。

本書は現在の私自身を述べたものではありません。キリスト者としての今の私が、接ぎ木させられた、もとの台木を示すものであります。（中略）私は、宗教とはなにかをキリスト教の宣教師より学んだのではありませんでした。その前に日蓮、法然[*12]、蓮如[*13]など、敬虔にして尊敬すべき人々が、私の先祖と私とに、宗教の真髄を教えていてくれたのであります。何人もの藤樹が私どもの教師であり、何人もの鷹山が私どもの封建領主であり、何人もの尊徳が私どもの農業指導者であり、また何人もの西郷が私どもの政治家でありました。その人々により、召されてナザレの神の人[*14]の足元にひれふす前の私が、形作られていたのであります。一人の人間が、ましてや一国民が、一日にして回心させられるものなどと考えてはいけません。真の意味での回心とは、何世紀をも要する事業なのです。（鈴木範久訳）

自らに宿ったキリストへの信仰は、海外の宣教師の言葉によってもたらされたのではなく、それ以前に先に名前を挙げた西郷隆盛や上杉鷹山らによって、さらには「何人もの藤樹」「何人もの尊徳」たちによって、脈々と受け継がれ、培われてきたと内村はいうのです。

欧米でこれを読む人の多くはキリスト教徒です。そんな彼らが、顔や姿どころか名前も知らない五人の日本人の生涯や言葉を読んで、強く心を打たれた。この事実を見るだけでもこの本は、狭義の宗教の地平にはとどまらない、さらに深いところから生まれているることが分かります。

のちにふれますが、『代表的日本人』を読み解く重要な鍵となる言葉の一つに「天」があります。それは人間を超えた名状しがたい存在の異名です。内村は、『論語』において核となるこの言葉に東洋と西洋を架橋する役割を託すのです。西郷隆盛や上杉鷹山は、人間を超えた存在である「天」に出会い、その導きに従った人です。すべての人がキリストに出会うのではない。それは西郷、鷹山の前には「天」という姿をして現れてきたというのです。

こうした言葉への柔軟な感覚やエマソンに対する内村の態度を見ると、彼にとってのキリスト教は凝り固まった宗派ではなく、他者に開かれた、しかしかけがえのない霊性だったことが分かります。

「霊性」という言葉はあまり聞きなれないかもしれません。この言葉は、鈴木大拙《だいせつ》[*15]が『日本的霊性』（一九四四年）と題する著作を刊行し、広く知られるようになりました。しかし、大拙が最初に用いたわけではありません。明治から太平洋戦争の終戦までを一つの時期だと考えると、大拙は、霊性という言葉を積極的に用いた「最後」の人物だったともいえる。大拙が『日本的霊性』を出す五十年前、「霊性」という言葉を用いていたのが内村だったのです。

ここでの「霊」とは、心霊写真というときの「霊」とはまったく関係がありません。人間の内にあって、人間を超える大いなるものとつながる場所のことです。その働きが「霊性」です。大拙は『日本的霊性』で、宗教が分かるから霊性が深まるのではなく、霊性が深まるから宗教が分かる、とも書いています。大拙の指摘が正しいなら、霊性は特定の宗教を信じない者にも宿っている――さらにいえば万人に宿っている超越者を求めるはたらきである、といえるように思います。

宗派的な領域ではなく、霊性の地平に立つとき人は、教義や思想の違いをそのままに、そこに共存と共振を感じながら交わることができる。内村は『代表的日本人』を世に問うことで、そうした真の意味における対話の場を築き上げようとしたのだと思います。

こうした営みが彼にとって平和と直結していたことは言うまでもありません。『代表的日本人』は、人間を超えたものと接することが語られている点で、確かにキリスト者が書いた「宗教的」な著作ではあります。

しかし、「どの神を信じるのか」「どの宗派か」といった差異を超えた霊性の地平でも、私たちはここで取り上げられた人物たちの生涯に秘められているものを知り、感じることができるのです。

人間はみな「永遠の人」である

本文に入る前に『代表的日本人』の骨格、そして内村自身の人生の中軸となる考えを鮮明に表している言葉を読んでみたいと思います。内村の講演録『後世への最大遺物』（一八九七年）にある一節です。

もしわれわれの生涯がわずかこの五十年で消えてしまうものならば実につまらぬものである。私は未来永遠に私を準備するためにこの世の中に来て、私の流すところの涙も、私の心を喜ばしむるところの喜びも、喜怒哀楽《きどあいらく》のこの変化というものは、私の霊魂をだんだんと作り上げて、ついに私は死なない人間となってこの世を去ってから、モット清い生涯をいつまでも送らんとするは、私の持っている確信でございます。（『後世への最大遺物』岩波文庫）

この講演が行われたのは一八九四年ですから、『代表的日本人』の原型である『日本及び日本人』の発表と同じ年のことです。内村にとって、『代表的日本人』に取り上げた五人は、歴史的な人物ではあるけれども、単に過去の人物というわけではなく、自分の心のなかでは今も生き続けている存在だったことが分かります。

時を超えて生きている、いわば永遠の人である五人との対話を、今、ここで行っているという自覚が内村を貫いていることがうかがわれる。

この本を読んでみてすぐに感じられるのは、文献を調べて書いたいわゆる研究書ではない、ということです。最近は、あまり用いなくなりましたが、随想という形式があります。随筆のような筆致で書かれていながら、そこには深い思想性が描き出されている。そうしたものをかつては「随想」と呼んでいました。『代表的日本人』は、近代日本屈指の随想だといえます。

また、内村は、この五人に「会って」、じかに話を聞いたような筆ぶりで書いている。それどころか、その人物の志を全身で引き受けて語るようなところすらあります。人間の生涯とはこの世だけのものではなく、死んだ後も持続する。人間は皆、永遠なる存在である、と内村は信じていました。内村にとって五人の先達は、敬愛する歴史上の人物であるだけでなく、いわば「生きている」死者だったのです。

西郷隆盛――天の声に耳を澄ます

『代表的日本人』の最初の章に、内村が選んだのは西郷隆盛[*16]です。西郷といえば、高村光太郎の父光雲が作った、上野公園の犬を連れた姿の銅像を思い浮かべる人も多いでしょう。薩摩藩士で、江戸城の無血開城を実現させるなどした明治維新の牽引者のひとりです。

しかし明治の世になるとさまざまなところで明治政府と意見を異にし、ついには役職を辞して、鹿児島に帰り私塾を開きます。その後西南戦争に敗れて自刃したことはよく知られています。西南戦争は、明治政府に対する、最大で最後の士族による反乱でした。

西南戦争が起こったのは一八七七年。内村が札幌農学校で、新渡戸稲造[*17]らと「イエスを信ずる者の契約[*18]」に署名したのも同じ年です。キリスト教の洗礼を受けたのはその翌年のことでした。内村は若く西郷は晩年でしたから、年齢は離れていますが、内村にとって西郷は、歴史上の人物というよりも同時代の英雄だったのです。

しかしこの章を読んでみると、内村が西郷を同時代人であると共に、朽ちることのない歴史の世界、永遠の世界の者として語っていることが分かります。

たとえば、『新約聖書』の使徒パウロ[*19]のような人物が永遠の世界にいる、と言われれば、私たちはふと、そうかと思うかもしれない。内村は、近い時代を生きた西郷のことも同じように永遠の世界の人として位置付けました。永遠と今が、重なり合っているという内村の実感を、読者である私たちもまた感じてみようとすることが、西郷の章を読む上で大変重要なことのように思います。永遠は常に「今」によみがえってくる、と内村は考えています。永遠は、けっして今と離れることがない。

しかし、永遠といっても、なかなか捉えづらいかもしれません。永遠をめぐってはこれまでもさまざまな論議がありますが、ここではあまり難しく考えず、古びることのない、過ぎ行くことのない時空、と考えておいてよいと思います。

先にもふれましたが、『代表的日本人』でもっとも重要な、鍵となる言葉は「天」です。実は、この本の文章の主格自体が、人間を超えた力の主体である天、すなわち「ヘブン（Heaven）」なのです。西郷の生涯をたどる章なのに、西郷が主格ではなく、天が主格で、西郷はそれに付き従う、という構造になっています。人間が何かをするのではなく、人間は無私になって天の道具になるのがもっとも美しい――そういう内村の世界観が、この構造に表れています。

たとえば、この本の最初の章、それも冒頭の文章は次のように始まります。

日本が、「天」の命をうけ、はじめて青海原より姿を現したとき、「日の本よ、なんじの門のうちにとどまれ、召し出すまでは世界と交わるな」との「天」の指図がありました。（鈴木範久訳：以下同様）

ここでは「天」が、日本に命じています。

「天」が何かの比喩だと思ってしまうと、この本のもつ力は、半減してしまうかもしれません。しかしここで、天とは何かを、厳密に定義することが求められているのでもありません。ただ、人間の意志を超えた働きが厳然と存在していることを見過ごさなければばよいのだと思います。

天の命は、誰の生涯にも呼び掛けている。しかし人間は、自分の思いで頭も胸もいっぱいで天の声が聞こえない。そうしたとき、人はどうしたら天の声を聞き得るのかを主題に、西郷隆盛の物語は語られていきます。西郷の生涯は、「天の命」に貫かれている。そして天の声を聞くための人生の道行きとして西郷は、「敬天愛人」を説くのです。天を敬することと人を愛することは同じことの二つの側面だというのです。

力で人を圧しない。人を自分の思い通りに使わない。この章では、他者のために自分を捧げる行為を繰り返すことで、天の命が西郷の生涯にまざまざと現れてくることが述べられています。

私たち、の使命

明治以前日本は、一部の例外的な場所を除いて、他国と国交をしない、いわゆる鎖国をしていました。幕末、そして明治という時代は、そうした政策を百八十度転回してゆくところに起こります。

鎖国はよくなかった。日本はもっと欧米に学ばなくてはならない。世の人は、こぞってそう語りました。しかし内村は、第一章の最初の段落に続けて、まず鎖国の効用を説く。ある時期まで、世界とはあまり深く交わらずに自国の文化を深化させることが重要だった、というのです。

長くつづいた日本の鎖国を非難することは、まことに浅薄な考えであります。日本に鎖国を命じたのは最高の智者であり、日本は、さいわいにも、その命にしたがいました。それは、世界にとっても良いことでした。今も変わらず良いことであります。世界から隔絶していることは、必ずしもその国にとって不幸ではありません。

やさしい父親ならだれでも、自分の子がまだ幼いのに、「文明開化」に浴させようとして、世の中にほうり出すような目にはあわせないはずです。世界との交通が比較的開けていたインドは、やすやすとヨーロッパの欲望の餌食《えじき》にされました。インカ帝国とモンテスマ[*20]の平和な国が、世界からどんな目にあわされたか、おわかりでしょう。

内村は開国に反対しているわけではありません。時機を待たなくてはならないというのです。そして、今（執筆時の明治後期）はこれまでとは違う、江戸時代まではその時期ではなかったけれども今こそ日本は、世界に開かれていくべきなのだ、とも明言する。彼はこう語ってもいます。

> 日本が目覚める前には、世界の一部には、たがいに背を向けあっている地域がありました。それが、日本により、日本をとおして、両者が顔を向かい合わせるようになりました。ヨーロッパとアジアとの好ましい関係をつくりだすことは、日本の使命であります。今日の日本は、その課せられた仕事に努めているところです。
> （傍点内村：以下同様）

日本が間に入ることで、決して手を結ぶことのなかった者たちが、手を握りあうようになる。そうした地平を開くことが日本に課せられた使命だというのです。自国の文化をどこまでも重んじ、同時に世界のあり方を凝視し、耳を傾け、争いのあるところに自分たちが間に入ることで、それまでけっして対話することのなかった者同士が語り始める、そうしたことのために日本は存在しているのだ、と内村は考えています。

彼にとって自分の国を愛することと、世界に向かって開かれていくことは同義でした。この二つが同時に行われるのが、彼の考える「日本のあるべき姿」です。内村は、狭い意味での愛国者ではありません。彼は「二つのＪ」への献身を誓っていました。イエス・キリスト（Jesus）と日本（Japan）です。彼の考えている「日本」は、世界の内なる日本ですが、けっして他に代わられることのない特異な使命をもった存在でもありました。そうした日本の在り方を示す典型的な人物として現れたのが西郷でした。

このことは今、私たちが直面している問題でもあります。日本が独特の役割を持つということは日本がほかの国よりも優れていることを意味しません。内村がここで強く訴えるのは固有の役割です。固有の使命です。

固有であるとは二つとないこと、内村の表現を用いれば「無比」であるということです。何ものとも比べることができない何かである、という言い方もできると思います。それぞれが固有の使命を果たすとき、そこに共鳴と共振、さらに共存の道が開かれると内村は考えました。黒船で日本に開国をせまったペリーと西郷の関係をめぐって内村は次のように述べています。

> だが、二人（ペリー提督[*21]と西郷）の生涯を描こうとする私どもは、外見はまったく相違しているにもかかわらず、両者のうちに宿る魂が同じであることを認めます。知らぬ間に二人は共同の仕事に参加し、一人が始めた仕事を、残る一人が受け

継いで成就したのであります。このように、ただのくもった人間の目には見えなくても、思慮深い歴史家の目には驚くほど見事に「世界精神」が「運命の女神」の衣装を織りなすのがわかります。（傍線引用者）

ここで「世界精神」（World-Spirit）と訳されている働きも人間を超えたものを意味します。天の別名です。この文章でも、「二人」が共同で明治維新という大事業を成したとしていますが、やはり真の主体は天であることが分かります。天が介在するとき、相容れないと感じられた者同士が思わぬことを成し遂げるというのです。

使命は個に属さないと内村は考えていました。使命は一人の個人で完成されることはなく、必ず受け継がれる。「私」の使命ではなく「私たち」の使命であると認識していた。

さらに使命は、「知らぬ間に」、次の世代へと受け継がれていきます。誰に受け継がせる、誰に受け継がせない、というものではない。

受け継ぐ相手が誰なのかは、自分には分からない。自分が意図しないところで、継承されていくものだ——というのが、内村の使命に対する考え方でした。このことはのちに中江藤樹の生涯を見るときにも考えてみたいと思います。

ここで内村は私たちに、主語が、天になるような生き方をしてみてはどうだろうか、と提案しているように思うのです。

自分の力で何かをするのではなく、もっと大きなものの一部になる、大きなものの働きに参与する、という生き方です。私の目標、私の人生というところから、少し離れて物事を見る、ということです。

大きなものの一部になると聞くと個性を消す、と思われるかも知れません。しかしそれは、自分が自分であることとは、決して矛盾しません。むしろ内村は、大きなものの一部になれば、より自分であることがはっきりすると考えていました。

たとえば、私たちの毎日の仕事に当てはめて考えてみると、どうでしょうか。あるプロジェクトの一員としてしっかり役割を果たすことと、チームとして働くということ、自分が自分であることは、矛盾しないのではないでしょうか。

もちろん、こうしたことは危険とも背中合わせです。その大きなものが道を誤ることがあるからです。企業、国家など、私たちを包む大いなるものも、ときに取り返しのつかない重大な誤りをおかすことがある。こうしたことも決して忘れてはなりません。

自分であることを望んで大きなものからはぐれることも、大きなものに取り込まれて自分を滅するようなこともあってはならない。何かを為すときには、両方が矛盾しないで成り立つような道を探す――それを実践した先人が西郷だったのです。

西郷は、明治維新の立役者でしたが、明治維新が抱える問題や矛盾を一身に背負って、西南戦争で亡くなっていきます。維新に関わった多くの人が最終目標としていたところは、西郷にとって始まりにすぎませんでした。多くの人が、あることを成し遂げた、と感じていた場所こそが西郷の出発点だったのです。

そうした認識をもつ人間が、明治政府を動かしている人々と一緒に仕事をすることはできません。内村も西郷と同様に、明治維新に対して懐疑的な見方をしていました。日本にとって明治維新はとても大事ではあったけれども、未熟な状態なまま邁進しているのではないか。明治政府は西欧列強に肩を並べようとして、近代化を進めてきた。目に見える文明としては追いついたとしても、心や精神の問題は深化したのか。あまりに物質的な面を重視してきたために、存在の深みを見つめることを忘れてしまったのが明治という時代ではなかったか――というのが内村の考えだったのです。

「霊性」の革命

では、なぜこの時代に、内村や西郷のような精神が存在し得たのでしょうか。『代表的日本人』では、西郷が影響を受けた先人として、二人の人物が挙げられています。一人は西郷を重用した薩摩藩主の島津斉彬《なりあきら》、*22もう一人が、水戸藩の藤田東湖《とうこ》*23です。

ここでは東湖についてふれている部分を見てみましょう。

しかし、重要で、もっとも大きな精神的感化は、時代のリーダーであった人物から受けました。それは、「大和魂のかたまり」である水戸の藤田東湖です。東湖はまるで日本を霊化したような存在でした。外形きびしく、鋭くとがった容貌は、火山の富士の姿であり、そのなかに誠実そのものの精神を宿していました。正義の熱愛者であり、「西洋の蛮人」の嫌悪者である東湖の近くには、次代をになう若者たちが集いました。西郷は、遠方にありながら東湖の名声を耳にして、藩主とともに江戸に滞在していたとき、接見の機会をのがさず会いに行きました。これまでになく意気投合した二人の出会いが実現したのです。（中略）維新革命の思想の種は、東湖の烈《はげ》しい精神に蒔《ま》かれました。しかし、それが現実の革命となるためには、西郷のように、東湖ほど烈しすぎることはなく、もっと穏《おだ》やかな精神の持ち主に移植される必要がありました。東湖は一八五四年、地震にあい五〇歳で世を去り、*24東湖の心に宿った最初の理想は、すぐれた弟子の手に託されたのでした。

ここで注目したいのは革命の炎が誕生することと、革命が成就することの違いです。炎は、東湖のように烈しい人間によってもたらされます。しかし、それが多くの人の胸に飛び火し、世を動かすに至るには、「穏やかな精神の持ち主に移植される必要が」あったというのです。

こうした認識は、明治維新のような大きな出来事の場合でなくても、ある出来事を完遂させようとするときに重要な視座だと思われます。

江戸時代は、藤田東湖のような人々によって精神（徳）が体現されていた時代だったと内村は考えていました。しかし、明治維新以降、徳を体現する人はどんどん消え、人々は、建物を建て、法律を編み、軍隊をつくる、というように可視化、物質化することに没頭するようになる。

内村は、明治維新という「革命」が本当の意味で成就するためには、外面的な革命だけではなく、内的革命、つまり霊性の革命も同時に起こらなければならないと考えていたのです。

この内的革命の重要性を、この時代に同じように説いた人物が、もう一人います。夏目漱石[*25]です。

漱石の「私の個人主義」[*26]という有名な講演と『代表的日本人』は、とても近い考え方で語られています。漱石もまた、明治維新に対してとても鋭い批判者でした。ここに岡倉天心を加えることもできます。内村は、明治という時代の可能性を信じているが故に、明治政府に対して厳しい言葉を発した。時代を愛する者だからこそ、時の政府に向かって鋭い言葉を吐く。内村、漱石、天心がそうであり、西郷もまた、同質の思いに貫かれた人でした。

静かなる細い声

内なる革命とは、人生における主客転倒の経験であるともいえます。そのことがもっとも鮮明に経験されるのが祈りです。

通常「祈る」と聞くと何かをお願いするというイメージがありますが、内村の考えは違っています。人は黙して、天の声を聞くことこそが祈りであるというのが、彼の、そして西郷の基本的な考え方です。

人が自分のことを天に向かって語っている間は、天の声は聞こえないものです。西郷はいわゆる宗教的な人物ではありませんが、とても敬虔《けいけん》で、大いなるものに向かって開かれた、これまでの表現でいえば、霊性の高みにある人でした。「天」と西郷との関わり方について、内村は次のように述べています。

静寂な杉林のなかで「静かなる細い声」が、自国と世界のために豊かな結果をもたらす使命を帯びて西郷の地上に遣わせられたことを、しきりと囁《ささや》くことがあったのであります。そのような「天」の声の訪れがなかったなら、どうして西郷の文章や会話のなかで、あれほど頻《しき》りに「天」のことが語られたのでありましょうか。のろまで無口で無邪気な西郷は、自分の内なる心の世界に籠《こも》りがちでありましたが、そこに自己と全宇宙にまさる「存在」を見いだし、それとのひそかな会話を交わしていたのだと信じます。

「静かなる細い声（still small voice）」という言葉は、もともと『旧約聖書』「列王記上」（一九章一二節）で預言者エリヤに呼びかける神の声を描く表現に由来しています。「予言」は未来を言い当てることですが、「預言」はまったく違います。それは神の言葉を預かることです。西郷は未来を語る人ではありませんでした。天の言葉を、今に向けて語った人であると内村は信じていたのだと思います。キリスト教やユダヤ教に親しんでいる人が読めば、内村が西郷のことを、『旧約聖書』に出てくるエリヤ、アモス、イザヤ、エレミヤ[*27]といった預言者たちに並ぶような人物だと思っていることが、明示しなくても、はっきりと伝わります。

「静かなる細い声」は、ほかの人の耳には聞こえない、どこまでも個的なものである。また、それは雷鳴とどろくような烈しいかたちでおとずれるのではなく、とても小さなささやきのような姿をして現れるというのです。それは最後の「それとのひそかな会話を交わしていたのだと信じます」という一節からもうかがわれます。西郷にとっての大きな出来事は、人知れず彼の内面で起きていた。

私たちは、自分にとって大事なことを考えるとき、人との対話によって何かを見つけていくことができます。しかし、自分との対話、つまり、天との対話によって見つけることもできる。本当に見つけなければいけない答えは、人からもらうのではなく、自分のなかにすでにある。西郷はそのことをよく知っていた。

先ほども書きましたが、明治維新は革命です。革命とは、価値を根底から変転させることです。それは、今までいちばん虐げられていた人が力を持つ、弱き者が尊い声を発しているのに気づくことでもある。西郷は文字通りの意味での革命家でした。また、西郷が本当に革命家たり得たのは、彼が無私になり得たからである、と内村は語ります。

それにもかかわらず、西郷なくして革命が可能であったかとなると疑問であります。木戸[*28]や三条[*29]を欠いたとしても、革命は、それほど上首尾ではないにせよ、たぶん実現をみたでありましょう。必要だったのは、すべてを始動させる原動力であり、運動を作り出し、「天」の全能の法にもとづき運動の方向を定める精神でありました。

自分の思っていることを実現するのが革命ではない。無私になれる人物でなければ、虐げられていた人の声に応えることはできない——というのが内村の考え方でした。無私になる、そのことが革命の起点である。それが、西郷の生涯に内村が見た、もっとも重要なことだったように思います。

時代の中に立って「待つ」人、西郷

最後に、西郷のように自己との対話を深める人物にとって、積極的もしくは創造的とはどういうことだったのかを考えてみたいと思います。鍵となる言葉は「待つこと」です。

西郷は人の平穏な暮らしを、決してかき乱そうとはしませんでした。ひとの家を訪問することはよくありましたが、中の方へ声をかけようとはせず、その入り口に立ったままで、だれかが偶然出て来て、自分を見つけてくれるまで待っているのでした！

一見すると何ということもない文章のようにも映りますが、傍点で強調されているように、内村にとっては本当に重要だと思われたことが述べられているのだと思います。ここで内村が語るのは、待つことは、何かをなすことに、勝るとも劣らない価値を持つということでした。さらに西郷にとって、待つことは、誰かが自分を見つけてくれるのを信じていることの証しでもあります。さらに内村は続けます。

「天」には真心をこめて接しなければならず、さもなければ、その道について知ることはできません。西郷は人間の知恵を嫌い、すべての知恵は、人の心と志の誠によって得られるとみました。

天に「真心をこめて接」するとは、自分の思いを天に届けようとすることではありません。むしろ、自分の願望を少し横に置いてみて、世に求められているように生きてみる、ということではないでしょうか。こういうふうに生きたい、絶対こうでなければ受け入れられない、という態度から少し離れてみる。そうして待っていると自《おの》ずと、天が自分を用いるようになる、と内村はいうのです。

人の家の入口に立っているのと同じように、西郷は時代の中に立っていました。藩庁により二度の遠島生活を強いられ、斉彬や東湖の遺志を受け継ぐ運動に参加できない日々を送りましたが、そうしたときも問題と内心において向きあいつつ、待っていれば必ず何ものかが自分を導く、そう信じていました。

西郷の生き方は、世にいう自己実現とは似て非なるものです。目標を持ち、それを実現せよ、という考え方とは正反対でした。やりたいことをやるのではなく、やらなければならないことをやる。天の使命に従う。そうした人生観を持っていたと考えなければ、西郷の最期は理解が難しくなります。

彼は単に戦争を起こしたかったわけではありません。負けることも分かっていた。ただ、戦争を起こした士族たちと一緒に自分も死んでいかなければ、日本がまた内戦に突入してしまうと考えたのだと思います。

西南戦争は、戦いを終わらせるための戦いでした。この戦争が起きたとき、すでに士族は弱者になっていました。西郷は、弱き者のそばにいた革命家だったのです。そして弱き者に寄り添い、死んでいった。彼の信念は、その生涯を貫いています。

天を知る、我を知る

では、どうやったら私たちは天の命を知り、天にふれることができるのでしょうか。内村はこう書いています。

「天」と、その法と、その機会とを信じた西郷は、また自己自身をも信じる人でありました。「天」を信じることは、常に自己自身を信じることをも意味するからです。

天を知るということは、自分自身を知ることである。ただ、ここでいわれている「自己自身」は、いわゆる「私」ではありません。「無私の私」です。西郷にとって、生きるとは、無私とは何かを問う道だった——というのが内村の考えです。

天という壮大で無限に大きなものと、「私」という最も小さなものが深く交わる場所に、西郷は立っていました。人間はみな同じようにそれができるという考えが、「敬天愛人」という西郷の言葉に表れています。敬天愛人の「人」には、他者はもちろん、自らも含まれています。自分と他者を大事にすることが、そのまま天を敬うことになるというのです。

西郷は「待つ人」でしたが同時に、必要であるときは自ら「機会」を生むために動くことを厭《いと》いませんでした。『代表的日本人』にはこの「機会」について、西郷自身の言葉として次の一節が引かれています。

「機会には二種ある。求めずに訪れる機会と我々の作る機会とである。世間でふつうにいう機会は前者である。しかし真の機会は、時勢に応じ理にかなって我々の行動するときに訪れるものである。大事なときには、機会は我々が作り出さなければならない」

機会が訪れるまで待つことはとても大事です。「しかし」と、西郷はいうのです。それでもなお、人生には幾度か、自ら機会をつくろうとしなければならない時節がある。それがいつ、どのように実行することをもとめられるのかを無私の眼で見定めなくてはならない。

判断のとき、忘れてはならないのは、機会は、「私の」ための機会ではないという点です。「私」の希望が、どうしたら「他者」の幸福に貢献し得る希望になっていくかを考え続けたのが、西郷の生涯でした。

西郷と共に明治維新を成し遂げた人物たちは、みな明治政府の中枢で力を持つことになります。しかし、西郷は違う道を行きました。権力に虐げられた人、力なき人、声を上げられない人のそばにいたのです。

本当のことは、強き者や明らかになっているところにではなく、弱き者や隠れた者のもとにある。それを示す存在として、西郷隆盛を忘れることはできない――それが、内村がこの章で語りたかったことなのだと思います。

＊1　「日清戦争の義」
当時の内村は日清戦争を「慾の戦争」ではなく、朝鮮の独立を支援し「永久の平和を目的」とする「義の為めの戦争」であると信じており、それを欧米に向けて訴えるべくまずは英語でこの文章を発表した。

＊2　「戦争廃止論」
日本は日清戦争に勝利したが、その義は果たされず、国内の道徳も腐敗したと感じた内村は「戦争の害あって利のないこと」を実感し（「余が非戦論者となりし由来」）、「戦争廃止論」で「余は日露戦争非開戦論者であるばかりでない、戦争絶対的廃止論者である。戦争は人を殺すことである。そうして人を殺すことは大罪悪である。そうして大罪悪を犯して、個人も国家も永久に利益を収め得ようはずはない」と書いた。

＊3　エマソン
一八〇三～八二。Ralph Waldo Emerson。アメリカの思想家・詩人。超越主義の代表者で、初期アメリカ哲学の確立者。著書に『自然論』『自己信頼』など。

＊4　プラトン
前四二七～前三四七（生年諸説あり）。古代ギリシアの哲学者。ソクラテスの弟子。アカデメイア（学園）を創設。著書に『ソクラテスの弁明』『饗宴』『国家』など約三十篇の対話篇。

＊5　スウェーデンボリ
一六八八～一七七二。スウェーデンボルグとも。スウェーデンの神秘思想家。自然科学研究から心霊現象研究へ転じ、宗教家となる。著書に『天界と地獄』など。

＊6　モンテーニュ
一五三三～九二。フランスの思想家。主著『随想録（エセー）』はフランス・ルネサンスを代表するモラリスト文学作品。

＊7　シェイクスピア
一五六四〜一六一六。イギリスの劇作家、詩人。四大悲劇『ハムレット』『オセロ』『リア王』『マクベス』のほか、『ロミオとジュリエット』『ヴェニスの商人』『夏の夜の夢』などで不朽の人間像を描いた。

＊8　ナポレオン
一七六九〜一八二一。フランス第一帝政の皇帝（在位一八〇四〜一四、一五）。クーデターにより統領政府を樹立。皇帝即位後はイギリスを除く全ヨーロッパをほぼ制圧した。

＊9　ゲーテ
一七四九〜一八三二。ドイツの詩人、作家。シュトゥルム・ウント・ドラング（疾風怒濤）運動の代表的存在。政治家、自然科学研究でも業績をあげた。著書に『若きウェルテルの悩み』、戯曲『ファウスト』など。

＊10　咸錫憲《ハンソクホン》
一九〇一〜八九。韓国の宗教家、思想家、民主運動家。東京高等師範学校在学中に内村鑑三の聖書集会に出席していた。著書に『死ぬまでこの歩みで』『人間革命』など。

＊11　ユニテリアン
三位一体説を否定し、神としての本性を持つものは父なる神のみであり、イエス・キリストはまったくの人間であると主張する立場。その中心には近代的な合理主義に基づく聖書解釈がある。特にアメリカにおいて広まっている。

＊12　法然
一一三三〜一二一二。平安末・鎌倉前期の僧。「南無阿弥陀仏」を唱えれば、だれもが平等に極楽浄土に往生できると説いて、浄土宗を開いた。

＊13　蓮如
一四一五〜九九。室町・戦国時代の僧。法然の弟子・親鸞が開いた浄土真宗の教勢発展に努めた、本願寺派中興の祖。

＊14　ナザレの神の人
イエス・キリストを指す。ナザレはイスラエル北部の都市でイエスの故郷。

＊15　鈴木大拙
一八七〇〜一九六六。仏教学者、思想家。名は貞太郎。（東京）帝国大学文科大学哲学科選科に学ぶ。鎌倉・円覚寺に参禅し、「大拙」の道号を受ける。一八九七年渡米し、『大乗起信論』（共訳）、『大乗仏教概論』（著）を英文で出版。帰国後は学習院教授などを経て大谷大学教授に就任。禅をZENとして世界に定着させた。著書『禅と日本文化』など。

＊16　西郷隆盛
一八二七〜七七。薩摩藩士、政治家。討幕の指導者として薩長盟約、戊辰戦争を指揮し、江戸城を無血開城させた。新政府の参議、陸軍大将となるが、征韓論政変で下野し帰郷。西南戦争に敗れて城山で自刃した。

＊17　新渡戸稲造
一八六二〜一九三三。教育家、農政学者。札幌農学校在学時に内村鑑三らとキリスト教に入信。アメリカ、ドイツに留学後、京都大学、東京大学の教授を経て東京女子大学初代学長となる。「太平洋の橋たらん」の信念のもとに国際連盟事務局次長を務め、世界平和を唱えた。著書に『武士道』『修養』など。

＊18　イエスを信ずる者の契約
一八七七年、札幌農学校初代教頭W・S・クラークが帰国するにあたって起草したキリスト教入信への契約書。内村はじめ新渡戸稲造ら三

十一名が署名した。

＊19　パウロ
紀元前後〜六五？　初期キリスト教の使徒・聖人。その手紙は『新約聖書』に収載されている。ローマで殉教。

＊20　モンテスマ
一四六六〜一五二〇。モクテスマ二世とも。メキシコ、アステカ帝国最後の皇帝（在位一五〇二〜二〇）。モンテスマの時代に最盛期を誇ったアステカ帝国だったが、スペイン人コルテスによって征服された。

＊21　ペリー提督
一七九四〜一八五八。アメリカの海軍軍人、東インド艦隊司令長官兼遣日特派大使。一八五三年、浦賀に上陸して幕府に開国を要求。翌年再来し、日米和親条約を締結。著書に『日本遠征記』がある。

＊22　島津斉彬
一八〇九〜五八。幕末期の薩摩藩主。国政改革・藩政改革に取り組み、藩内では洋式産業を取り入れ、殖産興業、富国強兵を推進した。

＊23　藤田東湖
一八〇六〜五五。幕末期の儒学者、水戸藩士。徳川斉昭のもとで藩政改革にあたる。著書『回天詩史』『弘道館記述義』は尊攘運動に影響を与えた。安政の大地震で圧死。

＊24　東湖は……世を去り
実際は東湖の没年は一八五五年。前注参照。

＊25　夏目漱石
一八六七〜一九一六。小説家、英文学者。『吾輩は猫である』で成功後、教職を辞して朝日新聞の専属作家となり、『三四郎』『それから』『門』などを連載。苦悩する近代人を描いた。

＊26　「私の個人主義」
一九一四年、学習院で行われた講演。近代個人主義について論じた。

＊27　エリヤ、アモス、イザヤ、エレミヤ
前九〜前六世紀の古代イスラエルの預言者。旧約聖書の『イザヤ書』『エレミヤ書』『アモス書』は預言書。

＊28　木戸
木戸孝允。一八三三〜七七。幕末・明治時代の政治家、長州藩士。桂小五郎と称し、のち木戸と改姓。西郷と薩長盟約を結んで討幕運動を指導。維新政府の中枢にあり「五箇条の御誓文」を起草。版籍奉還、廃藩置県を推進した。

＊29　三条
三条実美。一八三七〜九一。幕末・明治時代の政治家、公卿。尊攘派公卿の中心となるが、七卿落ちの一人として長州藩に逃れた。王政復古後は新政府に重用され、太政大臣などを務めた。

第2章―― 試練は人生からの問いである

二つの物語が交わるところ

どんな本においても「正しい」読み方というものは存在しません。正しい文字の読み方はあります。しかし、その意味の解釈は個々の人間によってまったく異なります。存在するのは、一人一人の読みであって、唯一の読解ではありません。哲学者の井筒俊彦はあるところで、「創造的に誤読する」ことこそ読書の本質だと述べています。

ことに『代表的日本人』のような古典の場合はそうです。その書物が優れていればいるほど、読み手に多様な「読み」をもたらしてくれます。

そうしたことを踏まえながら、あえて一例として提案したいのは、西郷隆盛を入口にして、「上杉鷹山と二宮尊徳」「中江藤樹と日蓮」という二人ずつの枠組みで読んでみるという方法です。

上杉鷹山と二宮尊徳は、立場で見ると両極にいた人物です。鷹山は米沢藩という一国の為政者で、尊徳は農民出身の、いわばたたき上げの役人です。しかし、二人の物語を読むと彼らが質的に大変近しい人生を送り、共振しあっているように感じられます。彼らはともに人の生涯を左右するのは、生まれや地位ではなく、志であると信じていました。

試練と好機

鷹山と尊徳は、まったく様相の異なる生活背景を持っています。しかし、試練こそ好機であることをともに熟知していました。危機や試練に直面したとき、社会ではそれまで隠れていた問題があらわになります。鷹山が治める米沢藩や、尊徳のもとでも政治、経済、法律、文化さまざまな場面で危機が訪れました。しかしそのとき彼らは、危機が絶望の知らせではなく、自分たちが今やらなければならないことを、身をもって知る絶好の「機会」だと認識したのです。

また、鷹山と尊徳はともに、優れた思想家ですが、それ以前に実践者です。彼らは働く人ですから、彼らの生涯からは仕事と人生の関係を考える場合にとても重要な示唆を見つけることができるかもしれません。

ここでの仕事は職業ではありません。子育ては貴い労働であり、仕事です。あるいは、病のときはその境涯を生きるのが仕事です。ここでの仕事とは、金銭を得ることと直接関係はありません。個々の人に託された人生の役割です。

彼らにとって危機とは「恐れる」べき対象ではありません。しかし、「畏れる」べきものでした。恐怖の念ではなく、畏敬の念を持って接すべき何かであると考えたのです。

私たちの日常にも、いろいろな危機があります。たとえば私にも、仕事上で犯しがちな誤りがあります。そのとき、問題を隠さず、勇気をもって自分を見つめることができれば、それは自分が変わる好機になる。しかし、そこにふたをしてごまかそうとすれば、何も変わらない。それどころか問題が悪化の一途をたどってしまう。

藩主・上杉鷹山の改革

上杉鷹山[*1]は、東北の米沢藩の藩主です。藩の財政を立て直すために倹約を奨励し、農村の復興や殖産興業政策などの改革を行ったことで知られています。

鷹山は、九州の高鍋《たかなべ》藩秋月家に生まれ、十歳で米沢藩上杉家の養子になりました。戦国時代、越後を治めて勢力を伸ばし、豊臣政権のもとでは会津若松百二十万石の大大名、五大老の一人となった上杉家ですが、関ヶ原の戦いで西軍についたために徳川家康によって米沢に移され、石高も大幅に減らされました。鷹山が十七歳で藩主になったとき、米沢藩は巨額の負債を抱え、領民は貧困に苦しんでいました。当時の鷹山の姿を内村は次のように述べています。

UESUGI YŌZAN.—A FEUDAL LORD.

I.—The Feudal Form of Government.

IS the "Kingdom of Heaven" an impossibility in this poor earth of ours? Mankind has yearned after it as a thing not wholly unreachable, and History from its very biginning seems to be a succession of some undefinable attempts for the realization of such a kingdom upon this earth. Christians have taken up the echo of the Hebrew prophets, and for the nineteen Christian centuries they ceased not to pray for the coming of such a kingdom among men. Indeed some impatient souls among us imagined that such was possible, and History knows of no higher examples of holy courage and noble self-sacrifice than a few bold attempts at making

「Representative Men of Japan」（1908年、警醒社書店刊）より上杉鷹山の章の冒頭。“Kingdom of Heaven”（天の国）の文字が見える（国際基督教大学図書館所蔵）

藩主の地位に就いてから二年後、鷹山は、はじめて自領の米沢に足を踏み入れました。それは晩秋のことで、ただでさえ悲哀のたちこめる状態であるところへ、「自然」が、さらにもの悲しさを添えていました。行列が、荒れ果てた、だれ顧みるものもないさびれた村を、一つまた一つ通るたびに、目の前に展開する光景を見て、多感な年若き藩主の心は深い衝撃を受けました。（中略）

「この目で、わが民の悲惨を目撃して絶望におそわれていたとき、目の前の小さな炭火が、今にも消えようとしているのに気づいた。大事にしてそれを取り上げ、そっと辛抱強く息を吹きかけると、実に嬉しいことには、よみがえらすことに成功した。〝同じ方法で、わが治める土地と民とをよみがえらせるのは不可能だろうか〟そう思うと希望が湧き上がってきたのである」

ここで鷹山は、城から出て、自らの目で実情を見聞し、事の本質を見出そうとしている。当時の藩主は、部下からの報告を聞き、それに対処するのが通常でした。しかし、鷹山はまったく別な道を行きます。自ら米沢の町を歩き、問題を抱えた人の姿を実際に見て回ったのです。

力のある者が弱き者のところに出向く。そうしてみなければ、隠れているものなど見えてこない。力のある者がどうにか無事に暮らしていけるようになるのではなく、弱い人たちが安心のなかで暮らしていけるようにすることが、鷹山の改革でした。弱き者、小さき者のところにこそ、やらなければならない課題や使命が眠っているのです。

鷹山と同じことを実行したのが、ガンディー[*2]です。南アフリカでインド人差別反対運動を指導し、インドに戻ったガンディーが、現状を知るために実行したことは、国中を旅をし、人々の生活の実態にふれてみることでした。

人々と対話しながら、みんながどんな暮らしをしているかという現実を知る。そして、もっとも虐げられた人々が本当の意味で人間らしい生活を送ることができるようになるにはどうしたらいいのかを考えたのです。

現場で考えることの意味は、実状を見ることはもちろんのこと、目に見えないものをしっかりと感じることです。

「見えない」ことと、「ない」こととは違います。目に見えるものだけを頼りにするのではなく、目に見えない、認識できないものを敏感に感じ取って行動していく。それは「勘」とは少し異なります。自ら出向くという、態度が重要なのです。

困っている人がいたとしても、どこかにそう書いてあるわけではありません。困っている本当の原因は、ひと目見ただけでは分からない。人間が危機から脱するためには、何もないかのようなところに隠れている天の命を探さなくてはならないと鷹山は感じている。

そうして読み取った真の問題に、鷹山はどう対処していったのか。先の一節では炭火のたとえが使われていました。

炭の火は、放っておくと見えなくなる。しかし、息を吹きかけると、再び赤く燃え上がります。ここでも、「見えない」ことと「ない」ことは違う、という主題が繰り返されています。

さらに、ここで内村は「息」という素朴な言葉にもある強い意味を込めて用いています。ギリシア語の「プネウマ（pneuma）」という言葉は、風と息吹を意味します。キリスト教の世界では、「息吹」とは神の創造の力のことです。それは三位一体の父と子と聖霊の「聖霊」を指す言葉でもあります。

困難に対応する力は、弱き者のうちにすでに秘められているが、しかし、それに何ものかが、息を吹きかけない限り顕われてくることはない。しかし、息を吹きかければ火と熱を帯びてよみがえってくる。さらにそこに一本藁《わら》を入れれば、火はまたたく間に広がっていくだろう、ということなのです。火は、キリスト教あるいはユダヤ教の世界では浄化を意味する言葉でもありました。

大地を耕す人こそ神聖である

さて、弱き者である農民たちのために鷹山が行ったこと――それは西郷とは異なるかたちではありましたが、やはり「革命」と呼ぶべきものでした。それは根源的な価値の転換です。それを鷹山は、一つの困窮した藩における政治改革の場で実現します。

ここで鷹山が最初に行ったのも、西郷と同じく「天」と人間の関係を結び直すことでした。そうした鷹山の敬虔な姿を内村は、こう書き記しています。

藩主、執政、郡奉行、代官、教導出役、廻村横目の全員が礼装して、まず春日神社へ進み、神に行事とその目的を報告しました。一行は、最近開かれたばかりの土地に進み、そこで藩主は、最初に鍬を手にして、厳粛に大地を三度打ちます。次に執政が九度打ちます。そのあと郡奉行は二七度、代官は八一度打って、最後は、まさに「大地を耕す人」である農夫に至ります。これは、今後、大地が神聖なものとして扱われ、生活に恵みをもたらすものは、すべて大地から与えられるという期待を、公然と宣言する意味がありました。決して迷信ではありません!

「決して迷信ではありません！」と強調されているところに、キリスト教という宗派を超えた内村の霊性が感じられます。

弱き者である農民が耕す田畑や土地を愛しみ、強き者である藩主や役人が愛することで、革命が始まりました。

社会の底辺にいる人たちがもっとも大切にしているものを、立場的に上に立つ者もまた、等しく大切にできたときに生起するのが、鷹山が考えた革命です。

大地が神聖なものとして扱われれば、大地を耕す農民は神聖なものにもっとも近く存在することになり、藩主といえども、もし土から離れたところにいれば、それは神聖なものから遠いところにいることになる。それが鷹山の信念だったといってよいと思います。

このことは同時に、本当の意味での地位と役割の違いを示しています。「藩主」は地位のように見えますが、鷹山にとっては役割なのです。役割は、何ものかに託されたものです。先の一節にあったのは、藩主よりも地位の低い農民もまた、別種の神聖な役割を担っていることを、藩主自ら、行為によって表明しようとした、ということでもあったのです。

「有徳な人間」を育てる

経済と道徳を分けない。富はいつも徳によってもたらされると考える。効率のよい手法を考える前に徳育に着手しなくてはならない。それが鷹山の行動原則でした。

さらにもっとも重要なのは、真に民を愛することです。そうした鷹山の姿を内村はこう描き出します。

東洋思想の一つの美点は、経済と道徳とを分けない考え方であります。東洋の思想家たちは、富は常に徳の結果であり、両者は木と実との相互の関係と同じであるとみます。木によく肥料をほどこすならば、労せずして確実に結果は実ります。「民を愛する」ならば、富は当然もたらされるでしょう。「ゆえに賢者は木を考えて実をえる。小人は実を考えて実をえない」。このような儒教の教えを、鷹山は、尊師細井[*3]から授かりました。

鷹山の産業改革の全体を通じて、とくにすぐれている点は、産業改革の目的の中心に、家臣を有徳な人間に育てることを置いたところです。快楽主義的な幸福観は、鷹山の考えに反していました。富をえるのは、それによって皆「礼節を知る人」になるためでした。「衣食足りて礼節を知る」[*4]といにしえの賢者も言っているからであります。当時の慣習には全然こだわらず、鷹山は自己に天から託された民を、大名も農夫も共にしたがわなければならない「人の道」に導こうと志しました。

人を育てるとは、単に自分に従順な人間、「自分の」役に立つ人間にしてゆくことではありません。それは正当な批判者を育てることだと鷹山は信じていた。

ここで重要なのは「自己に天から託された民」という表現です。鷹山は天から民を託されている者です。もともと天と民の関係があり、天は民を愛している。そのうえに天は、鷹山に、汝も民を愛せと告げる。国を愛することは民を愛することです。それは鷹山にとって、天に近づく方法でもあったといえると思います。

経済と道徳とを分けない。それは生活の豊かさと幸福が、共に満たされる場所を探すことにほかなりません。

物質的に豊かであることは、必ずしも幸福ではありません。しかし、豊かであることが幸福と交わる、そうした地平が存在しないわけではない。それを発見し、必要であれば作ってゆくのが藩主の仕事だったというのです。

理想を追求することと現実的であろうとすることは矛盾しない、内村も鷹山同様そういう考えの持ち主でした。

彼は、俗世と宗教の世界を分断するような態度を嫌いました。先に見た講演『後世への最大遺物』で、後世に遺すものとして、金銭もまた重要であると語る人物でした。もちろん、お金が一番重要だというのではありません。ただ来世での救済だけが問題だという立場にも立っていません。あくまでも現実世界から遊離しない理想の可能性を探求しつづけたのです。

そこで鍵となるのが人です。人を育てることです。それも、単に有能な人間を育てるのではなく、人の道に連なるような人間を育てること、それが、天が鷹山に民を託した最大の理由だったと内村は考えていました。

鷹山にとっての藩はいわば、高き意味における民たちの学び舎だったのです。このとき、鷹山は教師で、民は生徒です。生徒たちが自分らしく、自分の持っている可能性を開花させることができるように天は鷹山に託しました。

師は、自分の言うことを聞かせようとするのではなく、生徒一人ひとりが開花するように、生徒の生涯に仕えるように教育に従事する。常に生徒が主体で、教師は脇役です。米沢藩においても鷹山が主役ではなく、それは民であり、鷹山はあくまでも脇役なのです。

真のリーダーとは、人々を率いる外的な立場と人々に仕える内的な立場の双方を共に生きることができる者なのではないでしょうか。私も小さな会社の経営に携わっていますが、会社が成長していくと、社長は会社に雇われていることがよく分かります。

仮に従業員が一度に辞めてしまったら、会社は動きません。私が従業員を雇うのではなく、私がみんなに雇われている。しかし、困難のときは、先に出て事に対処しなくてはならない。こうしたことも一緒に働いている人々の力があってこそ湧《わ》いてくる勇気です。

短所の奥なる長所

鷹山を突き動かしたのも民と共にある生活だった、そう内村は考えています。鷹山はたしかに名君です。しかし完全な人間ではありません。この人物の長所と短所をめぐって『代表的日本人』には次のような記述があります。

しかし、あらゆる人々のなかで、鷹山ほど、欠点も弱点も数え上げることの難しい人物はありません。鷹山自身が、どの鷹山伝の作者にもまして、自分の欠点と弱点とを知っていたからであります。鷹山は文字どおりの一人の人間でありました。弱い人間であったからこそ、藩主の地位に就くとき、誓詞を神に献じたのであります。

鷹山は後世に語り継がれるような偉大な事業を成し遂げました。その一方で、人間的には不完全で、弱くて、欠点の多い人物でもあった。しかし彼はそれを自覚していました。欠点は自覚さえしていれば、その人の長所となり得るのだと内村はいうのです。それは内村自身にも当てはまることだと思います。内村もまた、傑出した人物ですが、とても欠点の多い弱い人でもありました。しかし、それを自分で深く認識して生きていたからこそ、キリスト教を教会という制限から解放し、人々と神が直接出会える場所を開くといった容易にはできないことを成し遂げられたのかもしれません。

「藩主の地位に就くとき、誓詞を神に献じたのであります」という部分は、内村自身が札幌農学校で「イエスを信ずる者の契約」に署名したことと重ね合わせているようにも感じられます。

鷹山がそうであったように、リーダーは完全な人間でなくてもよい。弱くてもよいのです。ただし、弱さや欠点を隠したり、無自覚でいたりすることがないようにしなければばなりません。内村は、リーダーは人に弱みなど見せてはいけない、と考えているのではありません。弱みは見せても構わないが、それが何であるかを誰よりもよく知らねばならないと考えているのです。

さらに、大いなるものの助けを求めること。そこに本当の意味の謙遜が生まれるというのです。上に立つ人間は、弱みを持っている人間を、決して裁いてはならない。自分が弱いとわかっている人は、同じように弱さを持っている人を裁くことはありません。しかし、本当は弱いのに、自分は強いと誤認している人は、弱い姿をしている人をときに裁くことがある。

もちろん鷹山は、自らが弱い人間であることをよく知っていたから、簡潔に人を裁くことはなかったと内村はいうのです。

完全な人間が人の上に立つのではないという内村のリーダー論には、真の豊かさを探ることが急務となっている現代日本の社会は学ぶべきことが多いのではないでしょうか。

哲人藩主の生涯

上杉鷹山という人物は、現代人が考えるような哲学者とはまったく様相が違うのですが、その生涯は叡知に貫かれた哲人政治家の一生だったといってよいと思います。

叡知とは、生きるための知恵であり生きている知恵です。すなわち天とつながる道を知ることであると同時に天からの導きでもある。

「哲人藩主」である鷹山の最期を内村はとても美しい文章で表現しています。

この勤勉な節制家の人生は、健康に恵まれた七〇年でありました。若き日の希望は、ほとんどかないました。藩は安定し、民は物に富み、国中が豊かに満たされました。全藩あげても五両の金を工面できなかったのに、今や一声で一万両も集めることができるようになりました。これを成し遂げた人物の最期が安らかでないはずはありません。文政五（一八二二）年三月一九日[*5]、鷹山は最後の息を引き取りました。

民は、自分の祖父母を失ったかのように泣いた。階層を問わず悲しみ、その様は筆につくしがたい。葬儀の日には、何万人もの会葬者が路にあふれた。合掌し、頭を垂れ、深く嘆き悲しむ声がだれからも漏れた。山川草木もこぞってこれに和した。

と伝えられています。

ここでとても大事だと思われるのは「山川草木もこぞってこれに和した」という一節です。狭義のキリスト教の世界観とは異なる、万物が共振しているという『万葉集』を思わせるじつに日本的な世界観です。

ここで示されているのは、鷹山が大地を神聖なものとして扱ったことに対する、自然からの応答でもあります。鷹山がこの世を去ったとき、人間だけではなく自然もそれに和した。鷹山の生涯は民によってだけでなく、自然によっても守られていたというのです。

農民聖者・二宮尊徳の無私の精神

次に登場するのは二宮尊徳[*6]です。

この人物でよく知られているのは、薪《たきぎ》を背負って本を読みながら歩いている少年「二宮金次郎」の銅像の姿です。

あの少年時代を経て尊徳は、勤勉と倹約に努めて没落した生家を再興し、さらに小田原藩領・幕府領など各地の荒廃していた農村をよみがえらせる指導者となっていきました。

上杉鷹山は、いずれ藩主になっていく人間として育てられた人でしたが、尊徳は違います。尊徳には定められた道はありませんでした。むしろ、それが何であるかを烈しく模索していく生涯だったと思います。

天に放り出された——見放されたのではありません——ようなところから、階段を一段一段登るように、自らの固有の道を見定めていく。それは自分の中にどんな原石が潜んでいるのかを探していく壮大な物語であるともいえるようにも思います。

若き尊徳が一生をかけて叶えたいと願ったことは、生家の再興でした。小田原藩主に請われ、領内の荒れた農村の復興に取り組むことになったとき、彼個人の目的は道半ばでした。このとき尊徳がとった行動を、内村は次のように述べています。

公の仕事に着手したからには、私事は少しも顧みてはいけません。「自分の家を投げ出してはじめて、千軒の家を救うことができる」。尊徳はみずからに言い聞かせました。自分の大切にしてきた望みを犠牲にすることにつき、妻の同意をえ、「先祖の墓前では声を出して」決意を告げました。家を処分し、別世界に旅立つ身のように「背後の舟を焼き払って」故郷の村を後にし、主君と住民にあえて約束した仕事にのぞみました。

尊徳は自分のやりたいことではなく、人々に求められていることに全身全霊を注ぎます。彼は家財を整理し、公の仕事に没頭できる場を自ら準備します。

ここに示されているのは、求められていることをするときの人間の覚悟です。自分の望みを二番目にする覚悟、と言い換えてもよいかもしれません。そうしたとき、自分の内に思わぬ力が湧き起こってくる。これは、西郷の章でも示されていたことですが、尊徳の生涯からも私たちが感じ取れる無私の意義なのです。

失うことを恐れて行動しないことがないよう、失うものがないところに立ってみる。そうすると、人間はかえって、自分のなかに失われざるものがあることに気がつくことができる。尊徳の姿にふれ、到底真似《まね》はできないと思うかもしれません。家財を自ら手放すという尊徳の生き方は確かにとても美しいものです。しかし、こうしたことを文字通りの意味で真似する必要はありません。私たちにもやはり、何かを捨てざるを得ないとき、失わなければならない切迫した状況が起こるときはあるのです。

たとえば、自らが、あるいは大切な人が病気をしたときがそうです。

先に病を背負った人も「仕事」をしていると述べましたが、病を生きる人は、何かを手放せという人生からの強い促しを経験している。そこで何かを手放す。しかしそのことで、自分のなかにあって、本当に失われることのないものにも出会います。

人は、人生の中で何度か、さまざまなかたちで何かを失うという経験を強いられる。しかし「失った」を「奪われた」と捉えるのではなく、今まで見えていなかった大切なものを見出さなくてはならないときの到来である、と考えることもできるように思います。

それは仕事の現場でも起こります。私は、十三年間ほどサラリーマン生活を送りました。その期間でもっとも重要な経験は降格でした。昇格ではありません。降格です。

当時、一部上場企業に勤めていた私は、三十歳で子会社の社長になります。それまで一人の部下も持ったことがない平社員の若造が、突然社長になり、給料も大幅に上がりました。しかしもちろん社長が務まるような力はなく、業績を悪化させて、新事業を整理しなくてはならなくなり元の会社に戻ります。物理的には倒産していませんが、現実にはそれに等しい失敗をしてしまいます。

かつての会社に戻ったときには、前よりも給料が下がっていました。このときの周りの見る目の変わりようははげしく、誰も私の言うことを聞いてくれなくなっていました。些細なことを話しても信用してくれません。人の信頼を失うということは、こんなに恐ろしいことかと思いました。

しかし信頼を失ってみて初めて、信頼は生まれてくるものではなく、築き上げなければいけないものだと気づいたのです。

信頼を築くためには、もう一度立ち上がらなければいけない。そして、信頼はとても繊細なものであるということ、日々、大切にしていかなくてはならないということ、それが降格で学んだことです。

治者はどこを見るのか

荒廃した村を立て直す指導者としての尊徳の行動を見てみましょう。人を治める人間は、他者のどこを見るべきかという、リーダーシップを執ることを求められている人にとって重要なヒントとなる逸話です。

労働者のなかに、年老いて一人前の仕事はほとんどできない別の男がいました。この男は、終始切り株を取り除く仕事をしていました。その作業は骨の折れる仕事であるうえ、見栄《みば》えもしませんでした。男はみずから選んだ役に甘んじて、他人の休んでいる間も働いていました。「根っこ掘り」といわれ、たいして注目もひきませんでした。ところが、わが指導者の目はその男のうえにとまっていました。ある賃金支払い日のこと、いつものように、労働者一人一人、その成績と働き分に応じて報酬が与えられました。そのなかで、もっとも高い栄誉と報酬をえる者として呼びあげられた人こそ、ほかでもなく、その「根っこ掘り」の男であったのです。

ここには、二つの大きな問いかけが込められているように思います。

一つは、誰もやりたくないような、見栄えのしない仕事をやっていたとしても、自分の気づかないところで誰かが必ず見ていて、必ずふさわしい評価を得るということ。もう一つは、人の上に立つ者は、自分にとって有益な者や目の届くところだけを見ていてはいけない、自分がしなかった仕事、できなかった仕事をしている者がいれば、その者の近くに寄って、目を凝らして見なくてはならないということです。

仕事には不思議な理《ことわり》があるように感じることがあります。目立たせたいと思うと却って隠れ、隠れているところで行ったことも、いつかその意味が伝わる日が来る。

しかし、こうしたことも自分が願うようなときに、願うかたちで起こるとは限りません。まったく知らない人が、自分の没後に感謝してくれる、ということもある。

本当の仕事は、見えないところで行われ、見えないところで受け止められている、それが二宮尊徳の労働の哲学なのです。

尊徳は見る側、見られる側、両方の立場を経験しています。村の再興の指導者として人々を「見る」側に立ち、それ以前には小田原藩主に一農民としての仕事ぶりを「見られる」側に立った人でした。

見る立場の人は、いつも見られる立場にあった経験を持ち続けることが、とても重要です。私たちの日常の仕事はいつも「根っこ掘り」の作業が多いものです。見た目にはけっして華やかとはいえない場所に大切なものがあることを指導者はけっして忘れてはならない。そこに従事している人々の尊厳をいつも感じようとすることが求められているのだと思います。

リーダーとなった尊徳は、村の再興を成し遂げます。しかし彼の仕事の成果の真髄は、農業改革者として農民にとっての労働の意味を新たにしたこと、そして耕作地としての田畑のいのちをよみがえらせたことだけではなかったと内村は書いています。さらに重要な尊徳の仕事をめぐって内村は次のように書いています。

ただ「誠実」だけで、これほどすばらしい成果をもたらした話は、かつて聞いたことがありません。どんなにとるに足らない、見くびられている人間でも、「天」にしたがいさえすれば、このような大事業を成し遂げることができるのです。尊徳は、最初に取り組んだ公共事業において道徳面を重視しましたが、当時の怠惰な風潮の社会に対し、その与えた印象は強烈でした。

今日でいう公共事業を通じて尊徳が世に送り出した真の成果とは、建物や道路のような目に見えるものではなく、「誠実さ」だったというのです。見えるものは、見えないものによって支えられている。人は見えるものを作り上げることによって、見えないものを人の心に届けることができるというのです。

ここには、内村の仕事観も同時に、よく表れていると思います。確かに仕事には、そういう不可思議な側面がある。そう考えると、私たちの日々の仕事に対しても、少し違った感じ方ができるのではないでしょうか。現代では、この見えない仕事の価値が見過ごされているようにも思われます。

種まく人

『代表的日本人』では、全編を通して、自然と私たち人間との、容易に語り得ない関係の深みが描き出されます。尊徳の自然観をめぐって考えてみたいと思います。

尊徳から親交をえるためには、常にたいへんな努力を要しましたが、いったん与えられると、これほど尊いもの、また永続するものはありません。不誠実でふまじめな人間は相手にされませんでした。そのような人間は、「天」にも天理にも反しているからです。いかに尊徳の力を用い、いかなる他の人の力をもってしても、そのおちいっている不幸や堕落から救いだすことはできません。その人たちに対しては、まず「天地の理」と和合させます。そのあと人間による必要不可欠の援助なら、なんでも提供されました。

「キュウリを植えればキュウリとは別のものが収穫できると思うな。人は自分の植えたものを収穫するのである」

人間というのは、単に自分のやりたいことをやるだけではいけない。一生懸命やるというだけでも、人に言われたことをやっているだけでも十分ではない。天地の理と一つになることが重要だというのです。

天地の理は、公理ということもできます。公の理ですから、私の、独断的な理ではありません。言い換えれば天命の前に、自らの望みを一たび鎮めてみるということでもある。

人は誰も自分の人生観をもっている。それが世界にむかって私たちを開いてくれることもあるのですが、逆にその場所に閉じ込めてしまうこともあります。出来事が自分の願うように進まないと考え、不満に感じる。こうしたとき、人は、自分の理とは別に、天地の理があることを思い出さなくてはならないのでしょう。

ここで内村は、怠惰な人間を天地の理に反する者だといっています。内村は人を裁いているのではありません。誰にも天地の理と出会う場所がある。それに出会うことさえできれば、誰にも働く機会は開かれている、というのです。

先にもふれましたが、内村にとって働くことは必ずしも金銭を手に入れることではありません。それは何らかの意味において人と人、人と時代、人と自然、人と歴史をつなぐ働きのことです。

理を生きる

「理」は目に見えません。手にふれることもできない。しかし、確かに存在していま す。そうである以上、私たちも理を感じるとき、五感だけでなく、心を開かなくてはなりません。

理は、抽象的なものではありますが、確固たる存在でもある。じつは私たちは日頃からしっかりと理を感じて生活しています。日本人が得意な「場の空気を読む」という行為は、見えない理を感じていることの証明のような表現です。また、職人や技術者の世界における理は「技」とか「コツ」と呼ばれるものになるでしょう。

コツの原理は、もともと存在してはいますが、実際にからだを動かしてみないと分からない。しかし、経験を積んでいくと次第に分かるようになってくる。コツは言葉では十分に語ることはできません。しかし確かに存在する。

どんな仕事にもその理があります。よい仕事とは理にかなっている仕事のことです。私たちは仕事を表現するとき、「美しい仕事」という言葉すら用いることがあります。美しいと私たちが感じるのは何かに調和を感じたときです。そこには理が顕現しているといってもよいと思います。

自然にはさまざまなものが生きています。たとえば大きな木がある。私たちはそこに豊かな緑と長い歴史を感じます。また、植物が共生する姿にある美に、ある理が存在していることを感じます。内村は、こうした美と理の感覚を私たちの人生の場に広げてみてはどうかと問い掛けるのです。

「『自然』と歩みを共にする人は急ぎません」と述べ、内村は、自然と人間の関係を次のように語っています。

〔また〕一時しのぎのために、計画をたて仕事をするようなこともありません。いわば「自然」の流れのなかに自分を置き、その流れを助けたり強めたりするのです。それにより、みずからも助けられ、前方に進められるのです。大宇宙を後楯にしているため、仕事の大きさに驚くこともありません。

「万物には自然の道がある」

尊徳は常々、こう語りました。

「自然の道を探しだし、それに従わなくてはならない。それによって山は均《なら》され、海は排水されて、大地は我々の目的に役立つようになる」

「一時しのぎのために、計画をたて仕事をする」というのはたいへん柔らかい表現ですが、そこに大きな欠落があることの表現です。それは、自己の利益のために、時を、人を、自然を使うということです。

内村にとって人生は与えられたものではなく、預かっているものです。自然は人間の所有物ではありません。大いなるものから預けられたものである。だから、大切にしなくてはならない、それが内村の自然観です。

ここで尊徳の生涯に寄り添いながら、理をめぐって内村が強調するのは、やはり「待つこと」の意義なのです。急がないことの意味です。

そもそも人間が思うように世界を動かすことなど、できるはずがありません。急いでいるから時間を十分遅くする、ということなどできはしません。理に生きる人は急がない。むしろ、待つことのなかに見えてくる何かに出会いたいと願ってすらいる。

尊徳の章の最後には、こんな文章があります。

この人物は、自分が永遠の宇宙の法を体得していることがわかっていました。尊徳が試みるのに困難な仕事はありませんでした。また、容易な仕事もなく、尊徳の全身全霊をあげる必要がありました。むろん、尊徳は一生の最期まで、働きに働いた人でした。尊徳は遠い将来のためにも立案し働いたので、その仕事と影響は、今日なお私どもの間に生きているのであります。

ここで内村は、「宇宙」という言葉を用いています。今日私たちはロケットを宇宙空間に飛ばすことができますが、内村の時代は違います。それは物理的な空間ではありません。彼にとって「宇宙」は「天」と同義です。「永遠の宇宙の法」は「天の命」「天地の理」と同質の何か、万物を生かしているはたらきを意味しているのです。

＊1　上杉鷹山
一七五一〜一八二二。江戸中・後期の大名、米沢藩主。藩政改革に努め、質素倹約を励行し、財政改革や新田開発を行い、さらに養蚕・織物等の殖産興業にも努めた。その農村振興により天明の大飢饉にも被害は最小限にくい止められた。

＊2　ガンディー
一八六九〜一九四八。インドの政治家、民族運動指導者。非暴力・不服従による反イギリス独立運動を展開し、一九四七年にインドを独立に導いた。マハトマ（偉大な魂）と称された。

＊3　細井
細井平洲。一七二八〜一八〇一。江戸中・後期の儒学者、尾張の農民の子。学問を修め、一七五一年には江戸に出て私塾嚶鳴館を開いた。江戸の上杉藩邸にも招かれて世子時代の鷹山の訓育にあたり、鷹山が藩主に就くと、藩校改革などにも尽力した。

＊4　衣食足りて礼節を知る
中国の春秋時代・斉の名宰相・管仲の言行録とされる『管子』牧民篇にある「倉廩《そうりん》実《み》つれば則ち礼節を知り、衣食足れば則ち栄辱《えいじょく》を知る」からの言葉。

＊5　文政五（一八二二）**年三月一九日**
実際は三月十二日の早朝であったとされる。

＊6　二宮尊徳
一七八七〜一八五六。江戸後期の農政家。通称は金次郎。勤倹努力して没落した家を再興。合理的で豊富な農業知識で小田原藩領・幕府領・日光神領をはじめ数多くの荒廃農村の復興に尽くした。その思想は報徳社運動などを通じて死後も影響を与えた。

第3章——考えることと信ずること

鏡としての中江藤樹と日蓮

中江藤樹[*1]は、今日でいう江戸時代が始まって間もない一六〇八年に生まれました。藤樹の弟子に陽明学者の熊沢蕃山《ばんざん》[*2]という人物がいます。蕃山から大きな影響を受けたのが、西郷が強く影響を受けた藤田東湖です。藤樹は西郷隆盛の源流でもある。藤樹を語ることは、内村にとって、自分の尊敬する西郷がどこから生まれてきたのか、その思想的源泉を探る試みでもありました。

そして最後の「代表的日本人」として紹介される日蓮は、いっそう特別な存在です。まず、この本に登場するほかの四人とは大きく時代が離れていて、鎌倉時代の人物でした。しかし、内村は心情的には日蓮にもっとも親近感を感じていたように思われます。ともに宗教者だったこともありますが、その人格において熱情の人であり、深い悲しみの人でもあった点において二人は強く共振しています。

『大鏡《おおかがみ》』『今鏡《いまかがみ》』『水鏡《みずかがみ》』『増鏡《ますかがみ》』[*3]というように、かつての日本では歴史書に「鏡」という文字を用いいました。遠い過去の存在でありながら、そこに自己の姿を見る、というのです。日蓮は、内村にとっては自分を映す鏡のような存在でした。「鏡」はときに見失っている自己の姿を映し出します。藤樹は西郷の鏡でした。「鏡」としての歴史といった視座をもちながら藤樹、日蓮の物語を読んでみたいと思います。

近代の学校教育から失われたもの

中江藤樹の生涯を読むにあたって、鍵となる言葉は「聖人」です。しかし、ここでいう「聖人」は、キリスト教の聖人[*4]とは少し違います。それは彼の精神的な支柱である儒学、それも陽明学における「聖人」です。

「聖人」という言葉は、『論語』においても大変重要な一語として用いられます。『論語』には「君子」という表現が人間の一つの理想として描かれますが、「聖人」は、「君子」がさらに高みにむけて変貌した存在だといえます。

漢字学者の白川静は、「聖」という字には「耳」という文字が記されていることからもわかるように、大いなるものの「声」を聞く者という意味があると述べています。聖人とは大いなるものの「声」を受け取る人でもありました。

藤樹は十一歳のとき、孔子の『大学』の一節を読んで「聖なる人」たろうとする志を立てたといいます。『代表的日本人』では、そのときの光景が、次のように表現されています。

> 天子から庶民にいたるまで、人の第一の目的とすべきは生活を正すことにある。

藤樹はこれを読んで叫びました。
「このような本があるとは。天に感謝する」
「聖人たらんとして成りえないことがあろうか！」

聖人と聞くと私たちは、聖人になどなれるはずがない、と思ってしまいますが、藤樹は違いました。自分の前に聖人の道が開かれていることに驚き、そして喜んだというのです。

聖人への道を追うために、まず「君子」をめぐって考えてみたいと思います。先にもふれましたが、聖人になるにはまず、君子にならなくてはならない。君子を、内村は原文で「ジェントルマン（gentleman）」と表現しています。

> 学校もあり教師もいたが、それは諸君の大いなる西洋にみられ、今日わが国でも模倣しているような学校教育とは、まったくちがったものである。まず第一に、私

どもは、学校を知的修練の売り場とは決して考えなかった。修練を積めば生活費が稼《かせ》げるようになるとの目的で、学校に行かされたのではなく、真の人間になるためだった。私どもは、それを真の人、君子と称した。英語でいうジェントルマンに近い。

「君子」が真の人間であるとすれば、「聖人」は君子がさらなる何かを受け容れた存在だといえるのかもしれません。その何かを内村は、藤樹の生涯を通じて見定めようとします。

もともと日本では、「学ぶ」という営みは、単に知識を得ることではありませんでした。それはこの世の理を体得することです。「学びて時にこれを習う。また説《よろこ》ばしからずや」と『論語』には記されています。真に知らねばならないときに、何ものかによってこの世の秘密が明かされる、何とすばらしいことであろうか、というのです。

同質の実感は内村にもあります。内村の父宜之《よしゆき》は、優れた指導力をもった武士でしたが、優れた儒学者でもありました。内村の精神――さらにいえば霊性に――儒学の伝統が流れていることは無視できません。

もう一つ、内村が藤樹から受け継いでいるのは「学校」のあり方です。それは知識を取り入れるための場所ではなく、霊性を磨き、深めるための場所でした。しかし、明治維新以降、学校は知識を得て立身出世するための踏み台になってしまった。学校の役割、学校の使命はそこにはない。学校とは「真の人間」になるための場所である、それを思い出さなければならない、と内村は訴えています。

『代表的日本人』が刊行されたのは、明治維新から四十年ほどしか経っていない時期ですが、日本の近代化は猛烈な勢いで進んでいました。このときすでに儒学の伝統が失われつつあったということが、この文章からも分かります。

内村が唱えた無教会の活動には、教会も、体系だった教典も教祖もありません。キリスト信徒は信仰を間にイエスと直接まじわることができると内村は説きました。具体的な活動は「聖書之研究」という機関誌を発行し、講話を行うというものでした。それは、藤樹のいう本当の意味での「学校」を思わせるものでもあったのです。

もう一つ、教育と「ジェントルマン」をめぐって内村が述べている文章を見てみましょう。

　人間は分類してまとめることのできないもの、一人一人、つまり顔と顔、魂と魂とをあわせて扱われなくてはならない、と教師は信じていたように私には思われるのだ。それだから教師は、私どもを一人一人、それぞれのもつ肉体的、知的、霊的な特性にしたがって教えたのである。教師は私どもの名をそれぞれ把握していたのである。ロバと馬とが決して同じ引き具を着けられることはなかったので、ロバが叩きのめされて愚かになる恐れもなければ、馬が駆使されるあまり秀才の早死に終わる心配もなかった。現代にみられるような適者生存の原理にもとづく教育制度は、寛大で人を愛する君子（gentleman）の養成には向いていないように思われた。したがって、この点に関しては、私どもの昔の先生は、教育理論のうえではソクラテスやプラトン[*5]と同意見だった。

まず、「肉体的、知的、霊的」とは、それぞれ「身・心・霊」にあたります。身は身体、心は意識、霊は魂とも表現されますが、人間の中にあって超越へとむかおうとする働きです。

人間は、肉体と心だけでなく、霊によって超越――神や天ともつながれた存在であり、学校はその三つに触れ合う場所でなくてはならない、と内村は考えていました。儒学は「身・心・霊」三つすべてを含んだ体系だったが、近代の学校は違う。身体と意識に関することばかりを教えて、霊性にふれることができる教育を一切なくしてしまった。そんな学校のあり方に内村は大きな疑問を投げかけているのです。

また、内村は、学校のあり方とともに教師のあり方にも言及しています。内村は教育の精神は絶対評価によって貫かれていなければならず、相対評価であってはならないと考えていました。

人を見るときに、ほかの誰かと比べて見てはいけない。人と比べた途端に隠れて見えなくなるものがある。これは他者の認識においてだけでなく自己を考えるときも重要な視座になります。自分を評価するとき、私たちは無意識に人と比べています。他者と比較する見方と、自分自身がどうあるべきかを考えることは、根本的に違うと内村は考えている。

彼が生涯を通じて大切にしているのは「独立」でした。

独立とは、その人がその人である、ということです。内村は弟子たちにしばしば、自分を真似してはならない、もし真似るなら自分の独立を真似よ、と語ったといいますが、彼の教育の原点も「独立」をうながすことにあったのです。

中江藤樹が教えた「叡知」

では、内村の敬愛した教育者・中江藤樹はいったい何を語ったのでしょうか。ここでは「知識」と「叡知」の違いから見てみたいと思います。
藤樹は、弟子の徳と人格とを非常に重んじ、徳と人格から離れてしまった学問と知識が広がって行くことに警鐘を鳴らしました。彼にとって「学者」とは、徳と知識をあわせ持つ者の呼び名でした。真の学者とはいかなる存在かをめぐって藤樹は次のように考えました。

〝学者〟とは、徳によって与えられる名であって、学識によるのではない。学識は学才であって、生まれつきその才能をもつ人が、学者になることは困難ではない。しかし、いかに学識に秀でていても、徳を欠くなら学者ではない。学識があるだけではただの人である。無学の人でも徳を具えた人は、ただの人ではない。学識はないが学者である。

ここでの「学識」は、知識あるいは情報と言い換えられると思います。それは目にすれば知ることはできる。しかし、それはいつも何かに「ついて」の情報です。情報をいくら知っても、その対象「を」知ったことにはなりません。
ある人について知ることが、その人を知ることに必ずしもつながらないのは、私たちも日々の生活のさまざまなところで経験しています。そうしたものとは正反対な、人生の智慧ともいうべきものがあると内村はいいます。それをここでは「叡知」と呼ぶことにします。

叡知は、「無学の人でも徳を具えた人」にも宿っています。叡知は情報のような外面的な知識ではありません。それは先に見た「理」の経験でもあるのです。

外面的である知識とつねに経験的である叡知、この差異を、藤樹も内村も見過ごすことはありませんでした。知識が無意味だというのではないのです。知識はいつも叡知にまで高められなければならないと考えていました。叡知から分断された知識が、どれほど恐ろしいものかは、私たちは戦争やさまざまな悲劇を通じて経験しています。藤樹と内村の問いかけはけっして古くなっていないのです。

一方、ここでは、無学と叡知は意外に近いとも述べられています。ソクラテスの「無知の知」[*6]につながる考え方ですが、知らないということを心に持っている人には、叡知が宿る場所がある。知識は得るものだが、叡知は与えられるもの、訪れるものである、という認識がここにある。

訪れる、という表現がなじみにくく感じられる場合は、叡知は作り上げるものではなく、発見するものである、と考えてもよいかもしれません。西郷における「待つ」ことと同様に、叡知の訪れも「待つ」ものなのです。

教育の現場で重要なのは教師の存在です。藤樹の章の終盤に、教師は、どういう存在であるべきかを端的に表している一節があります。

バラは自らの香りを知らない

現代の私どもは、「感化」を他に及ぼそうとして、太鼓を叩き、ラッパを鳴らし、新聞広告を用いるなど大騒ぎをしますが、真の感化とはなんであるか、この人物に学ぶがよろしいでしょう。バラの花が、自分の香を知らぬと同じく、藤樹も自分の影響を知りませんでした。その藤樹と同じように静かな生活ができないとしたならば、私どもは一生、文を書いたり、説教をしたり、身ぶり手ぶりを用いたりしたところで、それぞれ、「タタミ一枚ほどの墓場」のほか、なにも残らないでしょう。

バラは自らの香りを知らない。藤樹は、自分がどういう人物であるかを、ついに知らなかっただろうと内村はいうのです。

偉大な魂は、自分が何をしたかを知らない。人生という「道」を歩くことに懸命だった藤樹は、自分がどこまできたか、その人生の旅路をかえりみることもなかったというのです。内村の親友である新渡戸稲造が書いた『随想録』（一九〇七年）の「being（人格形成）」と「doing（行為業績）」という言葉を借りれば、藤樹はまさにbeingの人でした。人は何かをするdoingではなく、beingによって測られる。

何も語らずして、そこに存在しているだけで影響力を持つような人物こそが、君子であり、さらには聖人なのだ、ということだろうと思います。

単に品行方正な人が聖人なのではありません。藤樹のように「聖なる者」を体現する人、みんなが聖人になり得るのだと教えてくれる人こそが聖人なのです。

また、何かを語って道を示す方法もある。しかし、それを超えて、その人の生涯そのものが見えない言葉となって人々に道を説くのが聖人である。

さらに聖人の生涯は、その人の生きているうちには完成しない。その道はいつも個人のものではなく、人類のものだからです。藤樹は、そのことをまさに体現した人だったのです。

日蓮の使命を生きる内村

『代表的日本人』の最後を飾るのが日蓮[*7]です。五人目に内村が選んだのが日蓮だったことに驚く人も少なくないかもしれません。キリスト信徒である内村がなぜ仏教徒である日蓮を選んだのか、という疑問は当然だと思います。

ここでは詳しく論じることはできませんが、内村の弟子である矢内原忠雄[*8]もまた、彼にとっての『代表的日本人』にあたる『余の尊敬する人物』[*9]とその続篇で、日本人として師である内村や新渡戸稲造とともに日蓮を挙げています。無教会運動と日蓮の関係は別稿において論じるべき重要な問題を含んでいます。それはキリスト教が封印した預言者の存在です。

キリスト教の歴史に「預言者」はいません。イエスの出現が預言者という存在に終わりを告げたというのがキリスト教の考え方です。しかし、歴史を見ると、少なくとも預言者的存在と呼ぶべき人物はいます。日蓮は、日本におけるもっとも鮮烈にして苛烈な「預言者」でした。そして、内村もまた、そうした人物の一人だったのです。

日蓮の生涯を語る調子は、これまで見てきた四人とは少し異なります。内村は、わがことを語るようにこの異教の先師の歩みを描き出します。

西郷、鷹山、尊徳、藤樹の四人は、彼にとって「意中の人」でした。しかし日蓮において内村は、あたかももう一人の「私」の真実を語るように筆を進めます。

日蓮は、日蓮宗の開祖ですが、彼はそうなることを求めたのではありません。その道のほかない、というところに立たされるのです。それは文字通りいのちを賭けた行いでした。日蓮はいくたびも苦難に出会います。その姿も内村と強く響き合います。

もう一点、ここで内村が提示しようと試みているのは、高次な意味における霊性の対話です。内村と日蓮という宗教的にも、人生においても苛烈な生涯を生きた者同士が、時代を経て出会っている。そのことは、諸宗教間の対話は、宗派の差異どころか時空の違いを超えても行い得る、という可能性を示唆しています。宗教が、ふたたび大きな争いの原因になりつつある現代に重要な視座をもたらしてくれるように思われます。

人はみな何かを信じて生きている

ここで最初に考えてみたいのは、「宗教」とは何かという問題です。内村はこう述べています。

宗教は人間の最大関心事であります。正確に言うならば、宗教のない人間は考えられません。私どもは、自分の能力をはるかにこえる願いごとをもち、世の与えうるよりも、はるかに多くのものを望むという、妙な存在なのです。この矛盾を取り除くためには、行動はともかく、少なくとも思想の面でなにかをしなければなりません。

現代では「宗教」は、ほとんど「宗派」と同じ意味に用いられていますが、内村の時代は違います。

少なくとも第二次大戦前まではそうでした。ここで内村がいう「宗教」はさまざまな宗派のもととなるようなもの、宗派の差異を超えて、大いなるものと人間の交わりを指しています。

『老子』に「道」は「淵《えん》として万物の宗《そう》に似たり」（蜂屋邦夫訳）という一節がありますが、「宗」は、万物が生まれてくる源、淵源を指しています。「宗教」とはそうしたこの世の根本にまつわる教えであることが分かります。

個別の宗派に属していなくても人は、誰も、どこかで大いなるものの存在を感じている。だからこそ、「宗教」がないということは考えられない、と内村は言うのです。

だれそれは「無宗教」の人であるという話はたびたび聞かれます。しかしそれは、その人たちが、特定の教義を奉じているわけではなく、導かれる教団もなく、神として、木や金属でできたりまたは心に浮かべた像を崇拝していない、というだけの話にすぎません。それにもかかわらず、その人々にも宗教はあるのです。その内部にある「不可思議なもの」は、ただ「拝金主義」とか「お神酒」とか、あるいはまた、ほかの自分流の催眠術や鎮静術によるものにせよ、あの手この手を用いて押しこめられているだけなのです。人間の宗教は、人生の人間自身による解釈であります。人生になんらかの解釈を与えることは、このたたかいの世に安心して生活するためには、ぜひとも必要なものなのです。

ここで内村は、何でもよいから信じればいいと述べているのではありません。むしろ、ある意味では信じることの恐ろしさを語ってもいます。

教義や教団、あるいは教祖といった「宗派」にはなくてはならないものが、一切なかったとしても「宗教」は存在する。自分を満たしてくれる「不可思議なもの」があって、それを信じているとすれば、宗教という名前を与えるか与えないかは別にして、人はみなそれを信じて生きていることになる。だからこそ、何を信じるかはきわめて重要な問題になる。

信じることは諸刃の剣です。信じる力は強い。だからこそ、何を信じるかを人間は慎重に考えなくてはならない。信じるという行為はなくてはならないけれど、それがある方向に向かったとき、人は怖しいことをする。人はときに、人を超えたものとして、人が造ったものを信じている、と内村は警鐘を鳴らすのです。

だが、あまりに慎重になって、信じるという働きが、自分に宿っていることを忘れてもいけないともいうのです。最後の一節に「このたたかいの世」とありますが、生きていくことを闘いとする、とても内村らしい表現です。あわせて、宗教は「安心して生活するため」に「ぜひとも必要」なものである、これが自らの人生に裏打ちされた彼の告白です。慎重に、しかしたしかに信じよ、それは、日蓮の物語を書くにあたって内村が最初に読者に訴えていることなのです。

まず、内村が日蓮の時代をどう捉えていたかを見てみたいと思います。

今述べた宗派のすぐ後に、さらに一派ができ、日本の仏教は計一二宗[*10]になります。したがって一三世紀は、日本の仏教の最後にして最大の形成期であったといってよいでしょう。日本における、インドの宗教の真の再形成（改革）期でありました。これほどの光耀は、その後、生じたことがありません。

鎌倉仏教の時代とは、単に新しい仏教が次々に出てきただけでなく「宗教改革」の時代だった、というのが内村の認識でした。ヨーロッパのルネサンス期の宗教改革に勝るとも劣らない出来事が起きた時代でもあった。キリスト教における革命が、十六世紀はじめヨーロッパで起こったように、仏教における革命は鎌倉時代の日本で起こったというのです。

日蓮は、新しいことをした人物だと思われがちですが、内村は、そうは考えません。古いものを掘り起こし、よみがえらせた人だと感じている。内村にとって日蓮は新しい宗教の創始者ではなく、改革者、つまり日本のルター[*11]であるということです。

これは内村の達見です。私たちが「新しいことをした」と思っている人は、じつは、古いものを発掘した人が多い。本当に時代の変化に耐えるような発見をした人の精神がいつも伝統に根ざしていることを、内村は見過ごしません。彼自身もまた、そうした高次な意味における伝統的な人物でもあったのです。

しかし、革命の時代は、単に新しいものの出現に留まりません。それは古きものがよみがえる時代でもあった。「再形成（革命）期」という言葉にはそうした背景があります。そのことはキリスト教の歴史を見ても分かります。新教（プロテスタント）の出現は、旧教（カトリック）の改革の時節でもあった。古き霊性と時代が深く交わり、ときに衝突し、その果てに新しき霊性が生まれようとした時代だったというのです。

今、仏教は世界に広がっています。内村の言葉の通りであるなら、この問題は日本仏教がもつ世界的意味として、今日改めて考えてみる価値のある指摘です。上原専禄《せんろく》*12という、一橋大学の学長を務めた優れた歴史学者がいます。彼も熱心な日蓮の信奉者でしたが、彼は日蓮を世界史のなかでとらえる試みに着手していました。上原の視座は、内村の認識が正鵠《せいこく》を射たものだったことを傍証しています。

次に、宗教における「熱狂」という問題を考えてみたいと思います。このことをどう認識するかによって日蓮という人物の姿は大きく変わってきます。内村はそこに時代の闇を切り拓く熱源のようなものを感じ取っています。

このとき〔鎌倉時代：引用者注記〕確信をこめて語られた教えに、今世紀の私どもは依存しているのであります。だが、信仰の熱狂は、ご多分《たぶん》にもれずわが国でも、迷信をともなって消えて行きました。どうしても私どもは、非科学的であることをおそれて、目に見えるものに頼りがちな、弱い人間であります。かつて今日ほどの知識はなくても誠実に、雑事に追われなくても立派に生きていた時代がありました。だが今の私どもは、そのわずかな名残《なごり》だけにすがって行動するにすぎない存在なのです。

信仰の熱狂が、「迷信」となって消えて行ったと語りながら、その一方で内村は安易に熱狂することをいさめます。いたずらな熱狂は信仰の核になる部分を覆い隠してしまうと考えている。

しかし彼は、宗教がいつも「熱狂」をそこにたたえているものであることも見過ごさない。「熾烈《しれつ》」という言葉があります。キリスト教の世界では「熾天使」という表現もあります。「熾烈」と「熱狂」は似て非なるものです。熱狂とは心が燃え上がってしまう状態を指し、一方の熾烈は心の深いところに私たちを導き、そこでふれたものに従って生きることを促すありようです。日蓮は熾烈な人、その心にふれれば、火花が飛び、私たちの胸も燃えはじめるような人です。

日蓮の宗派こそ、もっとも熱狂的ではないかと思われるかもしれませんが、真の日蓮の教えは、ここでいう「熱狂」とはまったく異なるものだったというのが内村の日蓮観でした。

生きてみるものとしての宗教

宗教の原意を語り、熱狂の危険とその本当の意味と役割を述べ、ようやく内村は「私の日蓮」を語り始めます。

もっと気高い行為と献身とをうながす天地の声が、私どもの耳に聞こえてまいります。それにもかかわらず私どもは、信仰をたのみ惰眠をむさぼっているのです。そんな私どもが恥じ入るために、ここに一人の偉大な人物を取り上げることに致しましょう。

「天地の声が、私どもの耳に聞こえてまいります」と書かれていることから分かるように、日蓮は内村にとって文字通りの意味における預言者です。先にも見ましたが、預言者とは、天地の声を語る者です。『旧約聖書』の時代に預言者が現れたように、鎌倉時代の日本にも日蓮という名の、大いなるものの「口」となった人物がいたと彼は欧米の人々に語ったのです。

この本で一貫して述べられているのは、「天」のはたらきとそれを受容する人間の役割です。内村は大いなるものからの促しを受け取るところに真の創造性を見出そうとします。

預言者は霊性の革命家の異名です。日蓮は、歴史の暗がりのなかにあって十分に光を浴びることのなかった『法華経』をたずさえて時代に現れます。比叡山での十年の修行の末、日蓮は『法華経』に仏教の根本義はあるとの確信を深めます。

一〇年の長期にわたり蓮長[13]〔日蓮の異名〕は叡山にとどまって、むずかしい問題にとり組みました。私どもは、蓮長の達した結論しかいえません。蓮長は、今や、あらゆる他の経典にまさって法華経のすぐれていること、それが叡山の開祖最澄により、原形のまま日本にもたらされたこと、しかし、その後、叡山の僧侶により、価値を低くみられてきたこと、このことをはっきり確信するにいたりました。

ここで述べられているのは、仏教学と仏教の差異です。仏教学は、時代を追うごとに進歩してきました。今も進展を続けています。しかし、日蓮が聞いた仏陀の声というのは、そうした学問的事実とは別のものでした。

学問はときに知の世界に人を閉じ込める。しかし、宗教はこの世と深く交わりながら生きることを求めてくる。

つまり、学問的検証や学問的批判をどんなに繰り広げてみても、日蓮が聞いた天地の声に近づくことはできない。それは異なる層に存在する、というのです。仏教学にどんなに詳しくなっても、霊性の叡知は見えてこない。日蓮は知識の道で止まることなく、叡知の道へと歩みを進めた、というのです。

これは内村自身の信仰に対する態度の表明そのものです。内村は、神学、聖書学についてとても深く研究した人ですが、学問としての神学、聖書学と、信仰の書として福音書を読むことは、同じではないと考えていました。内村の生きた明治時代は、理性と知性が重んじられた時代でした。「信じる」ことよりも「知る」ことで世界が分かるという風潮になった。そして現代までそれは続いています。

日蓮と内村に共通しているのは、超越の言葉を人々に届けようとした点です。さらにいえば二人は透徹した実践家でもあり、同時に言葉の革命家でもありました。

しかし、宗教の世界の言語は、私たちがふだん使っている「言葉」とは少し違っています。哲学者の井筒俊彦[*14]は「言葉」と「コトバ」という使い分けをしましたが、彼にとって言葉は、言語あるいは文字として認識されるもの、コトバは不可視なものを指します。

画家なら色、音楽家なら音、彫刻家なら形がコトバです。また、行為もコトバになることがある。たとえば私が、悲しみに沈んでいる。そうしたときに親友が隣で、何も言わずにずっと一緒にいてくれる。このとき彼は何も語りませんが、その沈黙の行為こそ、雄弁なコトバです。日蓮だけでなく内村もまた、言葉を尽くし、コトバを伝えようとしたといえるように思います。

二人はともに優れた知性の人でもありましたが、同時に知性の限界も知る人でした。知性だけでは苦しみにある人とともに生きていくことはできないことを、はっきりと感じていたのです。

『法華経』のなかに、知識と叡知、さらには救済への道も開かれていることを知った日蓮の歓喜を内村はこう描いています。

この結論に達したとき、蓮長には、喜びと感謝の気持ちが心の底から湧きあがり、目には涙が溢れました。蓮長はついに思いました。「父と母とをすてて、このすばらしい信仰に身を捧げることにした自分である。凡僧どもの伝えた古い教えにしがみつき、仏陀自身の金言を尋ねずにいてよいであろうか」。

この聖なる志が生じたとき、蓮長の年は二〇歳、田舎の寺院にひき籠《こも》っていることは、もはや許されませんでした。

この光景は、中江藤樹が「自分にも聖人になれる道があるのか」と言って歓喜した、という逸話と響き合います。

宗教的経験が語られるとき「回心」と「改心」が混同されていることが少なくありません。ここで語られているのが本当の意味での「回心」です。

「改心」は文字通り、悔い改めることです。今までの過ちを認め、生きる態度を改めることを指します。このことも確かに重要ではあります。しかし、内村がさらに重視したのは「回心」です。回心とは、今まで人の方を向いていたのを、天の方に向きを変えることです。

先に見た鷹山にとって「天」と「民」は同じでした。だからこそ彼はどこまでも民に寄り添った。鷹山は民の日常生活を守ろうとした。日蓮も民に近づこうとします。そして彼は人々の霊性的生活において同伴者たろうとしたのです。

ここで内村は「田舎の寺院にひき籠っていることは、もはや許されませんでした」と述べています。

僧侶であれば寺にこもって仏教を勉強し、深く自分のなかに入る生活を送ろうとしても何ら問題はありません。しかし、ある種の回心を経験した者は、自己だけでなく、他者に向かわざるを得ない。回心のあとの日蓮にとって自分の居場所は、自らの心のなかではなく、人々の苦しみへと変わっていったというのです。

このことは流刑時代の日蓮によってもっとも鮮明に表れます。一二七一年、日蓮はそのあまりに過激な言動によって佐渡に流される。そのときの様子を内村はこう記しています。

日蓮は、その心の糧である法華経のほかは、ほとんどなにもなしに過ごしたことがあります。流刑が日蓮に与えたものは、肉体に対する心の、力に対する霊の勝利であったのです。流刑の終わるころには、日蓮は、自分の信仰世界の領土を、新しく加えることになりました。そのとき以来、佐渡と、島に隣接し人々の多く住む越後とは、日蓮の教えの熱心な信奉国になりました。

ここでの『法華経』を『聖書』に置き換えれば、のちに述べる不敬事件のときの内村の姿とそのまま重なります。

「心の糧である法華経」とあるように、人間の心というのは、言葉を糧としています。私たちの肉体は食べた物でできていますが、私たちの心は言葉がなくては生きていけない。人を養うことも、傷つけることもできるのが言葉なのです。心のもっとも深いところまで届く、なくてはならない水や空気のような言葉——それが日蓮にとっては「南無妙法蓮華経」の七字に収斂する教えだったのです。

もっとも低く、小さき者

日蓮は自分を「とるにたらぬ一介の僧侶」だといい、自分はもっとも低き者だと語ります。同じ考えがやはり内村にもありました。

「私は、とるにたらぬ一介の僧侶であります」

日蓮はあるとき、ひとりの権力者を前にして語りました。

「しかし法華経の弘布者としては釈尊の特使であります。それゆえ梵天はわが右に、帝釈天はわが左にあって私を守り、日天は私の先導となり、月天は私にしたがいます。わが国の神々はすべて頭をたれて私を敬います」

日蓮は自分の生命を重くみませんでした。だが、日本の国民は、その法のにない手である日蓮を迫害しました。これは日蓮にとり、言いようのない悲しみを与えました。もし日蓮を発狂したとみるなら、それは、最高の自尊心と区別のつかない崇高な狂気でありました。最高の自尊心とは、果たすために送られた使命の価値によって、自分の価値を知ることであります。自分自身をこのように評価した人物は、歴史上、日蓮一人であったわけではありません。

ここで「言いようのない悲しみ」と内村が書いているのを見過ごさないようにしたいと思います。内村の生涯もまた、試練の日々でした。それは次の章で見ることにします。迫害、愛する者の死、そうした悲しみの経験のなかで内村は日蓮とコトバによって対話するのです。日蓮はもっとも低き者だったが、烈しいまでに神々の守護を受けた者でもあったという。

同質の実感は内村にもありました。彼は自伝『余はいかにしてキリスト信徒となりしか』の巻頭に次のような言葉を掲げています。

私の魂を天にそなえるため、
カミよりつかわされた使者として、
本書に頭文字などで登場する、
すべての善良な人たちに、
この罪人のかしらの拙い著述を、
とくに真心をこめて献げる。（鈴木範久訳）

「罪人のかしら」というのは、内村自身のことです。彼は自らをもっとも小さき者、もっとも罪深き者だと考えていました。人間のさまざまな罪を一身に背負った者、それこそが自分だという自覚を忘れたことがないのです。

日蓮もまた同じです。日蓮は、たいへん厳しい言葉で世を裁くのですが、その言葉はすべて、まず自分の胸を貫き、自分を批判し、自分を大きな試練に出会わせるために語られていることを見過ごしてはならないと思います。それが日蓮の、さらにこの先人から受け継いだ内村の、敬虔の霊性だったように思われます。

敬虔であること

大いなるものへ向かうとき、中江藤樹と日蓮とではたどる道が違います。藤樹は哲学――考えるという道、日蓮は宗教――信じるという道です。

しかし、二つの道には共通するところもあります。利害のため、利己のためではないということです。

人が哲学者になるために、または宗教者になるために、必要な条件は何もありません。ただ真摯に考え、真摯に信ずれば足りると内村は考えました。しかし彼は、真摯であることの困難をよく知る人物でもあったのです。

真摯であるとともに大いなるものへの畏敬、すなわち敬虔なる心がなくてはならない。それが何かを成し遂げたと思う人間の傲慢から私たちをすくいあげるというのです。

これまで五人の人物の境涯を見てきました。彼らは皆知に優れながらも、それに溺れず、弱き者に寄り添い、また、「天」の声を聞く者でもありました。そしてその生涯に幾度も変貌を遂げてもいます。

西郷のように、大地に沈み静かに天の声を聞くのか、鷹山と尊徳のように生涯が樹木的に変化をとげるのか、また、藤樹と日蓮のようにさなぎが蝶になるごとく精神的な変容を遂げるのか、それは人によって、人生の時期によっても違います。

ただ人は、自分では思いも寄らないときに、想像もできなかったほどに、高く、また深く、そして善きものとして変わり得る。このことを、『代表的日本人』で語られた人々の生涯は、ありありと告げているのではないでしょうか。

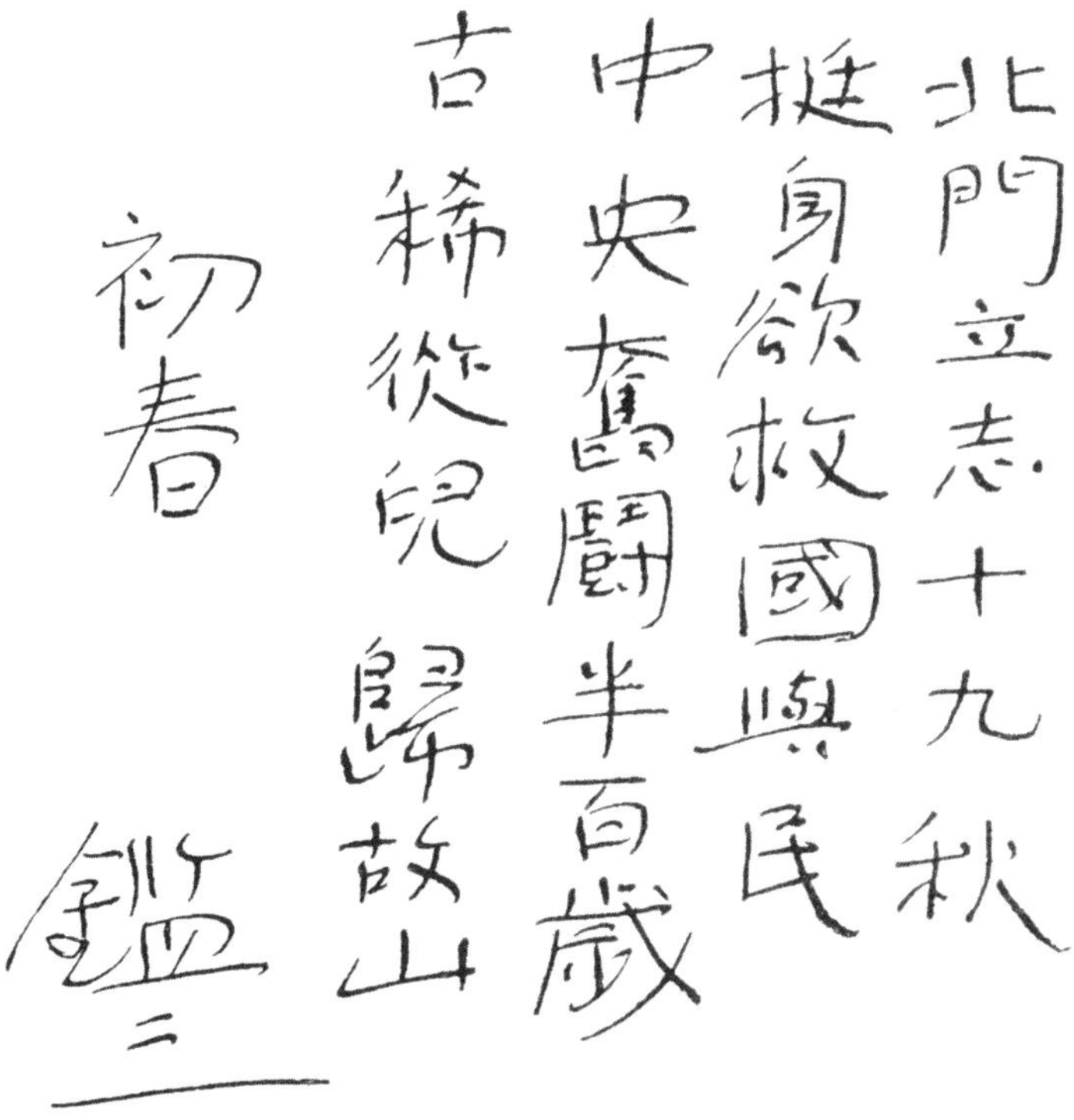
北門立志十九秋
挺身欲救國與民
中央奮鬪半百歳
古稀從児歸故山
初春 鑑三

晩年に内村が遺した漢詩（国際基督教大学図書館所蔵）

＊1　中江藤樹
一六〇八～四八。江戸初期の儒学者。朱子学から陽明学に転じ、村民を教化。「近江聖人」と慕われた。晩年に王陽明の著書に接し、日本の陽明学の祖となる。著書に『翁問答』など。

＊2　熊沢蕃山
一六一九～九一。江戸前期の陽明学者。中江藤樹に学び、岡山藩主池田光政に仕えて農本主義による藩政改革を行った。『大学或問（わくもん）』などで幕政を批判したとされ、禁錮中に病死。

＊3　『大鏡』『今鏡』『水鏡』『増鏡』
平安後期～室町前期に成立したとされ、「四鏡」とも総称される歴史物語。

＊4　キリスト教の聖人
カトリックや東方正教会において、殉教者や、特に信仰や徳にすぐれた信徒のこと。崇敬の対象とされる。

＊5　ソクラテス
前四七〇／四六九～前三九九。古代ギリシアの哲学者。独特の問答法により人々を真理と徳の探求へと導いた。自著は残さなかったが、その思想は『ソクラテスの弁明』など弟子プラトンの書によって今日に伝わる。

＊6　無知の知
プラトン著『ソクラテスの弁明』から派生した言葉。「私は自分が知らないことについては、それを知っていると思ってもいないという点で、知恵があるように思えたのです」（三嶋輝夫訳、講談社学術文庫）という不知の自覚をいう。

＊7　日蓮
一二二二～八二。鎌倉時代の僧、日蓮宗の開祖。天台宗を学び、比叡山などで修学ののち、一二

五三年、清澄寺で日蓮宗を開いた。他宗を攻撃した『立正安国論』の筆禍で伊豆に配流。赦免後も言動を改めず今度は佐渡に流された。流罪赦免後は身延山に入山。著書に『開目鈔』『観心本尊鈔』など。

＊8　矢内原忠雄

一八九三〜一九六一。経済学者。第一高等学校に入学して同校長の新渡戸稲造の影響を受け、内村鑑三の聖書研究会に入会。東京帝国大学教授に就任して植民政策を担当。一九三七年、日本の侵略戦争を批判して大学を追われるが、第二次大戦後復職して東大総長となる。著書に『内村鑑三とともに』『帝国主義下の台湾』など。

＊9　『余の尊敬する人物』

エレミヤ、日蓮、リンカーン、新渡戸稲造の人生を描いた書（岩波新書、一九四〇年刊）。『続余の尊敬する人物』（岩波新書、一九四九年刊）ではルター、内村鑑三、クロムウェル、パウロ、イザヤを取り上げた。

＊10　一三宗

『代表的日本人』では、明治中期においては三論宗、法相宗、華厳宗、律宗、成実宗、倶舎宗、天台宗、真言宗、禅宗、浄土宗、浄土真宗、日蓮宗を指すとしている。

＊11　ルター

一四八三〜一五四六。ドイツの宗教改革者。一五一七年、ローマ教皇の免罪符発行・販売を批判する「九十五箇条の提題」によって宗教改革運動の発端をつくった。

＊12　上原専禄

一八九九〜一九七五。歴史学者、思想家。一九二八年東京商大教授、四六年学長。晩年、妻の死を契機に日蓮の研究に没頭、死者との共闘という新境地に至る。著書に『独逸中世史研究』、『歴史的省察の新対象』など。

＊13　蓮長

日蓮は十六歳で出家得度して「蓮長」と称した。

＊14　井筒俊彦

一九一四〜九三。哲学者。三十あまりの言語に通じ、イラン王立哲学研究所教授などを務め、その研究は世界的に高く評価された。著書に『意識と本質』、主な訳書に『コーラン』など。

第4章——後世に何を遺すべきか

内に働きかける「高尚なる勇ましい生涯」

内村鑑三の著作は、すべて彼が「書いた」ものばかりではありません。「語った」もののの記録も多くあります。内村は優れた書き手であると同時に、秀逸な語り手でもありました。彼の代表的な著作『羅馬《ロマ》書の研究』（一九二四年）は講演録です。内村は、語り／話すときに、書くときとは別な力を発揮したようで、その講演は、独特の魅力と雰囲気と力をもっていたとさまざまな人が語っています。

語る内村の証人の一人が、小説家の正宗白鳥《まさむねはくちょう》*1です。白鳥は、内村の講演を幾度となく聴き、その経験は、本を読んで得た感動をはるかに超える、と述べています。白鳥の『内村鑑三』には次のような一節があります。

当年の内村は、文章よりも演説において一層、つよく自己を発揮していた。聴者を感動させる力を持っていた。それで、青年会館における若き内村の文学講演は、歌舞伎座における老いたる団菊*2の所作以上に私を陶酔させたのであった。歌舞伎座では私以上に老優の所演を翫賞《がんしょう》している見物が幾人《いくにん》もいるだろうと思われていたが、青年会館における内村の講演は、私ほど熱心に聴いて、よく咀嚼《そしゃく》よく玩味したものがほかにあったであろうかと、あの時分に感じていたごとく、今も追懐している。

白鳥は、内村が書いたものを読んでいないのではありません。同じ本でむしろ、白鳥は当時、手に入る限りのものはすべて読んだとも書いています。そうした人物が、内村の講演の言葉には、書かれた言葉に勝る魅力があったというのですから、その異能は簡単な想像に余る威力をもったものだったのでしょう。

人前で話すときには、その場に集っているのがどんな人々かによって、話す言葉の様相はまるで違ってきます。内容は、ある程度は準備できるにせよ、個々の話す言葉はやはりどこまでも、その場の瞬時の感覚で発せられるものです。ことに内村のような宗教者の場合はそうです。語りの現場では書き得ない言葉が発せられる。内村は複数の講演録を残しています。そのなかでも、もっとも長く、また多く読み継がれているのが『後世への最大遺物』です。

『後世への最大遺物』と『代表的日本人』は、一つの本の上下巻にあたるほど、強いつながりのある本です。『代表的日本人』で取り上げられた五人は、全員「後世への最大遺物」を遺していった人だったともいえるのです。この講演は、『代表的日本人』の原型、『日本及び日本人』が出版される四か月ほど前、一八九四年七月に行われた講演をもとにしています（出版は一八九七年）。

内村本人も、講演から三十一年後の改訂版に寄せた序文で「この小著そのものが私の『後世への最大遺物』の一つとなったことを感謝します」と書いているほど、広く人々に受け入れられました。

この講演で内村は、人間が後世に遺し得るさまざまなものを挙げます。ここで興味深いのは、まず彼は金銭を蓄え、残すことに言及している点です。

多くの宗教者は金銭にまつわる発言を控えがちです。ある人々はそれを忌むかのような発言すらしている。しかし、内村の態度はまったく異なるものでした。さらに金銭とつながりが深いですが、内村は人は事業を遺すこともできると語ります。

金銭は、有効に使う者へと受け継がれ得る。金銭を使ってほかの人の役に立つ事業を行うことも、事業をより発展させる者へと継承され得るので「遺物」になる、そう内村は語ります。

先にもふれたように内村には、永年にわたって雑誌を発行し、ある種の「学校」を率いる実践家、さらには事業家であったという側面があります。そうした彼が金銭の役割に透徹した見識をもっていたのは当然なことなのかもしれません。

ここで考えたいのが成功をめぐる内村の認識です。彼は先の序文において、「成功」をめぐってこう記しています。

> 天地は失《う》せても失せざるものがあります。そのものをいくぶんなりと握るを得て生涯は真の成功であり、また大なる満足であります。

彼がいう成功は、金銭、事業、自己実現といったいわゆる「人生の成功者」というようなときに用いるものとは意味合いがまったく違います。彼にとっての成功とは、まず、「失せざるもの」を身に宿すこと、さらにいえば宿し続けることをもってはじめて「成功」と呼ぶにふさわしいものとなります。

英語で「成功する」という言葉はsucceedと書きます。この言葉には物事を成し遂げる、という意味もありますが、事を持続させることという語意もあります。内村が語る「成功」はいつも持続的な営為であることを見過ごしてはならないと思います。

成功をめぐる視座は『代表的日本人』においても通底しました。先に見た五人は皆、「成功者」です。自らの信念と大いなるものへの信仰を抱き続けたという点において、彼らは大変大きな「成功」をもたらしたといえる。しかし、西郷は最後、時代に受け入れられませんでした。日蓮はいくつもの法難に遭いました。しかしそれらは皆、彼らにとって挫折の経験で終わることなく、かえって人生の深みへと導く階段になりました。

次に、財を残すことも事業を行うこともできない人は、自分の内なる真実、つまり個々の哲学、それぞれの思想を言葉にして残してもよいと語ります。

人生に裏打ちされた哲学、思想は、学問的なそれとは違って、深いところから後世の人を励ましたり、慰めたりすることができる。内村は生ける叡知の重みを知っている。それは言葉を遺すことである、ともいえます。

彼自身、そうした言葉によってしばしば人生の危機を乗り切ってきた経験があるのです。それはときに妻の口から、娘の口から、師の、友の、知人の口から語られました。

金銭、事業、言葉、これらにもまして、もっとも大切なのは「高尚なる勇ましい生涯」を体現することだと内村はいうのです。


高尚なる勇ましい生涯とは何であるかというと、私がここで申すまでもなく、諸君もわれわれも前から承知している生涯であります。すなわちこの世の中はこれはけっして悪魔が支配する世の中にあらずして、神が支配する世の中であるということを信ずることである。失望の世の中にあらずして、希望の世の中であることを信ずることである。この世の中は悲嘆の世の中でなくして、歓喜の世の中であるという考えをわれわれの生涯に実行して、その生涯を世の中への贈物としてこの世を去るということであります。（『後世への最大遺物』）

「高尚なる勇ましい」と内村が語るとき、その生涯が誰かと比べてより勇ましく、より高尚であれ、と語っているのではありません。人生を賭して、高尚とは何か、真の勇ましさとは何かを体現するものでなくてはならない、というのです。

「高尚」「勇ましい」という言葉は、通常、他者の行為に対する評価の表現ですが、内村の用い方はまったく違います。何かと比べようとすることを相対的といいますが、彼にとっては、高尚も勇気も比べられるものではなく、そこにただ一つの姿でまざまざと顕現する絶対的なものとして認識されていました。そればかりか、彼は高尚さも勇ましさも人間が自分の力で築き上げるものではなく、大いなるものに与えられるはたらきだと感じていたのです。

人間の生涯とは、外的営みと内的営みの交わるところに生起する、ただ一つの出来事である。外的世界に向けて何かを行うだけでは十分ではない。逆もまた同じで、内的世界を掘り下げるだけでも不十分だと考えていました。その調和をどこまで高め、あるいは深化させていくことができるか。「高尚なる勇ましい」生涯とは、内と外の融和したところに生起する出来事だというのです。現実社会への、そして人間を超えるものへの働きかけを同時に持続させること、これが内村の考える人間の「生涯」の基盤なのです。

Lifeを見つける

『後世への最大遺物』を読み解く鍵語の一つに「ライフ（Life）」という言葉がありま す。この一語は、この講演録の核となる言葉であるだけでなく、現代を生きる私たちにとって今、もっとも真摯な問いとなる一語であるように思われます。「ライフ」をめぐって彼は次のように述べています。

今時《こんじ》の弊害は何であるかといいますれば、なるほど金がない、われわれの国に事業が少い、良い本がない、それは確かです。しかしながら日本人お互いに今要するものは何であるか。本が足りないのでしょうか、金がないのでしょうか、あるいは事業が不足なのでありましょうか。それらのことの不足はもとよりないことはない。けれども、私が考えてみると、今日第一の欠乏はLife《ライフ》生命の欠乏であります。

（『後世への最大遺物』）

ライフという言葉は、もともと生命や生けるものを指します。ただ、ここで言う「生命」とは、単に心臓が動いているということではなく、他者との関係がありありと存在しているということです。人と世界（自然）、人と歴史（時間）が有機的関係のなかにあることだと思います。

ここでの「歴史」とは、年表上の事実ではありません。亡くなった人たち、死者たちのことです。内村にとって、歴史は生けるもの、今に呼びかけてくるものです。「死人に口なし」なのではなく、歴史の世界に「生きている」死者たちは、今の自分たちも対話し続けることができるものであり、さらには、敬意を持って接するべき存在だと内村は感じている。「死者」は、内村の生涯と思想を読み解く、とても大切な言葉です。

明治維新後の時代というのは、私たちが思う以上に即物的な価値に流された時代でした。商業的に成功し、社会的に地位を築くことができた人は高い評価を受け、そうできなかった人々は苦しい目に遭うというように、格差の広がった時代です。

また、明治は日本にとって戦争の時代でもありました。こうしたことも現代と、とてもよく似ています。ここに、今の私たちが『代表的日本人』や『後世への最大遺物』を読む一つの大きな意味があると思います。

「有機的」とは、複雑な関係性を持ちつつ、いのちを帯びたものということです。自分の利害だけを考えるような人は他者との関係が崩れてしまいます。

他者との関係がうまくいかなくなるとき、自然や歴史（時間）、さらには超越とのつながりも人は見失いがちです。

しかし、別な見方もできて、自然とのつながりを取り戻すと、他者、時間、超越との関係も癒えてくる、こうしたこともある。

「私」は他者のなかにあって、はじめて「私」です。人間である「私」は、自然のなかにあることで「私」であり得ています。「私」は、過去とつながり、未来に開かれていることで今ここにおいて「私」として生きている。さらにいえば、他者、自然、時間を司るものを内村は「神」と呼びました。他者、自然、時間、神、この四者とのつながりをどう取り戻すことができるのか、それを模索することが、彼のいう「高尚なる勇ましい生涯」だといえると思います。

また、内村のいう「ライフ」は、生命というよりも、「朽ちることのないもの」と言い換えることができるのかもしれません。彼自身、「Life」と英語で書いていますから、うまく日本語に移しかえることができなかったのでしょう。

「ライフ」は、生けるものの状態ですから、それを概念で捉えようとしてもあまりうまく行きません。概念化することは便利なのですが、それは動いているものをあえて止めようとすることでもあります。内村は「ライフ」の実情を次のように述べています。

この一年の後にわれわれがふたたび会しますときには、われわれが何か遺しておって、今年は後世のためにこれだけの金を溜めたというのも結構、今年は後世のためにこれだけの事業をなしたというのも結構、また私の思想を雑誌の一論文に書いて遺したというのも結構、しかしそれよりもいっそう良いのは後世のために私は弱いものを助けてやった、後世のために私はこれだけの艱難に打ち勝ってみた、後世のために私はこれだけの品性を修練してみた、後世のために私はこれだけの義俠心を実行してみた、後世のために私はこれだけの情実に勝ってみた、という話を持ってふたたびここに集まりたいと考えます。（『後世への最大遺物』）

「弱いものを助けてやった」との一節からは、人は、自己の人生を実りあるものにするためにはどうしても他者の存在を必要とすることが、端的に述べられています。それは内村の強い実感でもありました。また、生きるとは他者との交わりのなかに自らを投げ出すことであると信じていました。内村には、弱い人とともにあることで人間は完成されていく、という思いが強くあります。強い者だけが集まって世の中をつくっていくのではなく、弱い者がいるから人間には慈しみの心のような実りが生まれるのだと考えていました。

この講演を聴いていたのは若者たちでした。若いからといって、自分のやりたいことをやるのが人生の目的なのではない、自分が求められていることを実践するのが人生である、と内村は説いています。

こうした内村の姿勢を、いわゆる自己実現的な視点で読む人もいますが、内村の「自己」は他人に開かれた自分です。隣に困っている人がいても自分がやりたいことをする、という狭い意味での「自己実現」とはかけ離れたものです。

さらに内村は、ここで目に見えないものを打ち立てることの意義を語っています。金銭や地位などを手に入れることではなく、徳を積むことを促すのです。

「自己実現」とは本当の私になることです。それを深層心理学者のカール・グスタフ・ユング[*3]（一八七五〜一九六一）は「個性化」という言葉でも表現しています。日本にユング心理学を紹介した河合隼雄[*4]（一九二八〜二〇〇七）は、「自己実現」という言葉はさまざまな誤解を生むのであえて「個性化」という表現を用いるとも述べています。また、それは生涯を賭して行う営みであるとも語っています。「生涯」を実現する、という考えにおいてユング心理学と内村はとても近いところにいます。ユングの高弟のジェイムズ・ヒルマン[*5]（一九二六～二〇一一）は、生きるということは彼方の世界に魂の城をつくることである、と述べました。この世に見える豪邸ではなく、向こうの世界に見えない城をつくる――内村にもヒルマンに似たヴィジョンがあります。

先の一節では「後世のために」という言葉が反復されていますが、後世を生きるのは未来の人です。ライフの三要素にあった「過去の人」はもちろん、未来に生きる人も交わることができる間柄だと内村は考えていました。

種である自分は大木になることを知らない

先の一節に続けて内村が語るのは、人間における「樹木的成長」です。

この心掛けをもってわれわれが毎年毎日進みましたならば、われわれの生涯はけっして五十年や六十年の生涯にはあらずして、実に水の辺《ほと》りに植えたる樹のようなもので、だんだんと芽を萌《ふ》き枝を生じてゆくものであると思います。けっして竹に木を接《つ》ぎ、木に竹を接ぐような少しも成長しない価値のない生涯ではないと思います。こういう生涯を送らんことは実に私の最大希望でございまして、私の心を毎日慰め、かついろいろのことをなすに当って私を励ますことであります。

（『後世への最大遺物』）

大木は、種子というまことに小さなものから生まれますが、種子自体は、大木になることを知りません。人はときに、自分は生涯芽の出ない小さな種に過ぎないと思ってしまうことがある。

しかしここでは、種は、光と水と時の力が加わることで、いずれ木になるということが述べられています。そして、その木が何であるかを知るのは、そこに実った果実を食べた者です。

『代表的日本人』で内村は、中江藤樹にふれ、バラは自分が放っている香りを知らない、という話に言及していました。ここで説かれているのも同じことです。種から始まり、樹木になり、実を成し、それを拾って食べる他者がいる、食べることでその者は心身を養う。しかし、そのことを樹木そのものは知らない。

人間の生涯は、自分が何をしたかなどということはわからないまま過ぎていく。それでよく、だからこそ意義深いと内村は感じている。善きことは人の意識の外で実現するというのでしょう。

木がそこにありさえすれば、いずれ鳥がやってくる。鳥は実を食べて、その種をどんどん広げてゆく。広がっていく種とは、その人の言葉、さらにいえば体現される見えざるコトバにほかなりません。

また、落ち葉や枯れた枝は、どんどん地面に落ちていき、土を養います。土を養えば、また違う場所に木が生まれてくる。

木は言葉を語りません。人間の樹木的成長には、自分が何をしているのかをあまり強く意識しないという態度も含意されています。

人間を樹木としてイメージすれば、藤樹のもとに教えを乞う人がたくさん集まってきた理由が分かります。語らずとも、そこにいるだけで人は集まってきます。

人生は、決して目に見える業績のみで測られるものではありません。業績は結果の一形式にすぎません。人生とは業績ではなく、その過程すなわち生きることへの態度においてのみ測られると内村は考えていました。彼はそうした人間の姿を講演でこう語っています。

われわれは神がわれわれに知らしたことをそのまま実行いたさなければなりません。こういたさねばならぬと思うたことはわれわれはことごとく実行しなければならない。もしわれわれが正義はついに勝つものにして不義はついに負けるものであるということを世間に発表するものであるならば、そのとおりにわれわれは実行しなければならない。これを称して真面目なる信徒と申すのです。われわれに後世に遺すものは何もなくとも、われわれに後世の人にこれぞというて覚えられるべきものはなにもなくとも、アノ人はこの世の中に活きているあいだは真面目なる生涯を送った人であるといわれるだけのことを、後世の人に遺したいと思います。（拍手喝采）（『後世への最大遺物』）

「真面目」ということを内村は、とても大切にしていました。思ったことはやらなければいけないけれども、本当に大事なのは態度であり、試練にどう向き合っているかということなのです。じつに素朴なことですが、本当のことではないでしょうか。素朴であるからこそ、人を深みから励ます言葉だとも言えます。

人に何かを与えられない人もいますし、与えられないときもあります。しかし、真面目に生きることは、人間誰でも、今日からでもできる。その営みこそ、雄弁な、無言の、後世に遺すにふさわしい「遺産」である、と内村はいうのです。『後世への最大遺物』は、もともとは、これから世の中に出ていく若い人に向けて語られたものです。しかしその一方で、この世の役割を終えようとしている人々の胸を打つ何かを秘めているようにも思われます。なぜなら、「真面目」であること、すなわち本当の意味で真摯であるということは、いつ、どんなときにでもできることだからです。

こうした内村の言葉の背景には、彼がこの講演の三年前に喪《うしな》った妻の存在がありました。妻かずは、病で命を落とします。しかしこの人物こそ「真面目」を貫いた人でした。この人こそ、内村の語られざる「代表的日本人」であり、「後世への最大遺物」の体現者だったのです。

学識があるとか、有名であるとか、そういう人ではありません。ただ、彼女は内村を献身的に支えた人でした。教育勅語にむかって頭を下げるのをためらったとして、世に烈しく糾弾された、いわゆる「不敬事件」によって職と社会的な信用を失い、キリスト教会からも見放され、ついには病を背負い瀕死の状態になったときも、ひとり内村を支えたのは彼女でした。

生きることは、いずれ来る者のための準備

これまで見てきた内村の世界観の根底にあるものは、彼が妻を亡くしたときに書いた『基督信徒のなぐさめ』と題する本に凝縮されています。この本は内村の最初の著作でもあります。この本は次の六章からなっています。

第一章　愛するものの失せし時
第二章　国人に捨てられし時
第三章　基督教会に捨てられし時
第四章　事業に失敗せし時
第五章　貧に迫りし時
第六章　不治の病に罹りし時

一見しただけでも分かりますが、内村がそれまで直面した人生の危機をどのようにくぐり抜けて来たのかが述べられています。彼はここでいかに乗り越えたかを語りません。彼はいつも何ものかの導きによって、苦難の門をどうにか生き延びてきた。その記

録となっています。

正宗白鳥は『内村鑑三』で、内村の著作のなかで『基督信徒のなぐさめ』が、特にその第一章「愛する者の失《う》せし時」が、もっともよいものではないか、と述べています。内村の著作の大半を読んだという人物の発言ですから傾聴に値するのですが、やはり私もそう思います。

さらにいえば、内村鑑三という人物を語るとき、この本を読まずに彼を判断してはならないとすら思います。内村が好きになれないことはある。しかしせめてこの本の最初の章を読んでから好きか嫌いかを決めても遅くはない、それほど重要な一文です。この本は内村鑑三自身による「内村鑑三入門」であるとすらいえると思います。そこで彼は次のような言葉を遺しています。

余の愛するものは生涯の目的を達せしものなり、彼の宇宙は小なりし、されどもその小宇宙は彼を霊化し、彼を最大宇宙に導くの階段となれり、然り神はこの地を神を敬するもののために造りたまえり。(『基督信徒のなぐさめ』)

ここでの「彼」とは内村の妻かずのことです。自分の妻は、世の中に知られない人で、その生涯はとても小さいけれども、完成された生涯だった。その完成された小さな生涯は、宇宙の秘密を自分に教えてくれた、と内村はいうのです。
「宇宙」は内村にとって「天」と同義です。ここで内村は人生の目的とは宇宙の完成に与《くみ》することである、と言っています。また宇宙とは、全世界を超えた、全存在を指しています。同質のことは宮沢賢治[*6]（一八九六〜一九三三）も「農民芸術概論綱要」で語っています。その「序論」には「……われらはいっしょにこれから何を論ずるか……」との言葉に続けて次の一節があります。

おれたちはみな農民である　ずゐぶん忙がしく仕事もつらい
もっと明るく生き生きと生活をする道を見付けたい
われらの古い師父たちの中にはさういふ人も応々あった
近代科学の実証と求道者たちの実験とわれらの直観の一致に於て論じたい
世界がぜんたい幸福にならないうちは個人の幸福はあり得ない
自我の意識は個人から集団社会宇宙と次第に進化する
この方向は古い聖者の踏みまた教へた道ではないか
新たな時代は世界が一の意識になり生物となる方向にある

正しく強く生きるとは銀河系を自らの中に意識してこれに応じて行くことである
われらは世界のまことの幸福を索ねよう　求道すでに道である

内村と賢治に面識はありませんが、同時代人です。賢治の有名な「雨ニモマケズ」のモデルだといわれる斎藤宗次郎[*7]は内村の愛弟子でした。斎藤と賢治のあいだで内村の話がされたのはおそらく間違いありません。内村と賢治は超越をめぐる感受性がとても近しく、また、愛する者を喪った経験において、広義の教育者であることにおいて、また、日蓮を烈しく敬している点でも、日本近代精神史の上で見たとき大変近しい関係にあるといえると思います。

『基督信徒のなぐさめ』だけでなく内村の著作全体を通じて「宇宙」は、重要な、彼の思想を読み解く鍵となる言葉です。

「宇宙」という果てしなく大きなものの秘密が、妻という「小さな」存在を通じて開示される。そのことに内村は驚くと共に、そこに大きな可能性も見出しています。

さらに妻を喪う経験を経ることで内村は、言葉で語るという方法のほかに、生涯で語るという道があることを知ります。同時に自己の人生を生きるだけでなく、生涯を受け継ぐという営みがあることも深く感じるようになります。そこに秘められた創造性を発見するのです。

『代表的日本人』は単なる偉人伝ではありません。それは人間の可能性を論じた本であり、「生涯」という持続する営みにやどる見えない言葉のはたらきを明らかに示そうとした試みでもあります。自分で何をなすか、ではなく、他者から何を受け継ごうか、と考えて人生と世界を見るとき、私たちは初めて、自分たちに残された「遺物」の豊かさに気がつくのではないでしょうか。

生きるとは、自分の願いを成就させることではなく、いかに先人たちの生涯から受け継ぐものを見出し得るかという大きな挑戦であるともいえます。

語らないまま逝った妻の生涯を目の当たりにして内村は、その語られざるコトバを背負って、世の中に出ていくのです。彼女が語り得なかったことも、自分がこれから体現していく。それが内村の生涯だったのです。

そのはじまりは『基督信徒のなぐさめ』にある。その第一章の最後に内村はこう記しています。


余の愛するものの肉体は失せて彼の心は余の心と合《がっ》せり。何ぞ思《おもい》きや真正の配合はかえって彼が失せし後にありしとは。（『基督信徒のなぐさめ』）

妻は亡くなり、その肉体は内村から離れてしまいます。しかし、本当に心が一つになるということは、彼女が亡くなってから起きた。人生とは何と不思議なことであろうか、というのです。

人生は、肉体が消えただけでは終わらない。だからこそ、この世をしっかり生きなくてはならない、それが内村の人生に対する根本的な態度です。自分の人生は、自分の願望を実現する場には終わりません。自分がやったことを、継いでくれる人がいる。そこから未知のものが生まれる。誰もが未来の一部になっていく。内村は、願望を満たすだけの生涯とは正反対な人生のあり方があると、幾度となく語ります。

「回顧三十年」と題する講演で彼はこう述べています。

もし私どもの一生涯の事業に何か意義があったといたしますならば、それは準備的の事業であったと言うのであります。すなわち時勢に応ずるためのものではなく、直ちに現代を賛《たす》くるためのものではなくして、将来の発展を助くるための基礎的工事に貢献するためのものであったと言うのであります。

(『内村鑑三信仰著作全集一九』)

ここで「準備的の事業」という言葉が用いられています。自分は来る者たちの生涯の準備のためにある、そう考えることができたら、私たちは、さまざまなことから自由になれるのではないでしょうか。

さまざまなものとは、見栄、虚栄、いたずらな誇示などです。内村が考える「生涯」はいつも個に始まり、個には終わらない営みです。個で何かを実現するのではなく、未知の他者とともに創造的な営みに従事する、そのこと自身にこそ、光栄と誇りをもつべきなのではないかというのです。

準備だから、途中で終わることは避けがたい。しかし、準備だからこそ、私たちは誠実を尽くさなくてはならない。

これまで『代表的日本人』を読んできました。本を読むということもまた、とても大きな準備的事業です。自分にとって得になる、得にならないという視点ではなく、今の自分には火急的に必要なわけではないが、これから生まれ来る者たちにとって非常に大事になるだろう言葉を読む。そうした言葉を読み継ぎ、さらには語り継いで行く。このことはじつに意味深い、誇り高い営みではないでしょうか。

＊1　正宗白鳥

一八七九～一九六二。小説家、劇作家、評論家。内村鑑三の著書から聖書を学び、十九歳で受洗。自然主義作家として知られ、文芸評論、戯曲も高く評価された。著書に小説『塵埃』『何処へ』など。

＊2　団菊

明治期を代表する歌舞伎俳優、九世市川団十郎・五世尾上菊五郎を指す。

＊3　カール・グスタフ・ユング

一八七五～一九六一。スイスの心理学者。チューリヒ大学で精神医学を学ぶ。ユングは、意識とは人間のこころ全体からすると一面的・部分的なもので、無意識のなかにそれを補償するものが存在するとして、両者の統合の過程を〈個性化〉と名付けた。

＊4　河合隼雄

一九二八～二〇〇七。心理学者。京都大学理学部卒業。スイスのユング研究所に留学し、日本人初のユング派分析家の資格を得る。『ユング心理学入門』『昔話と日本人の心』など著書多数。

＊5　ジェイムズ・ヒルマン

一九二六～二〇一一。アメリカの心理学者。ユング研究所所長を務めたのち、ユング派の一派である「元型的心理学」を提唱。著書に『魂のコード』など。

＊6　宮沢賢治

一八九六～一九三三。詩人、童話作家。農業指導のかたわら詩や童話を創作。日蓮宗の熱心な信者でもあった。著書に『銀河鉄道の夜』など。

＊7　斎藤宗次郎

一八七七～一九六八。岩手県花巻市出身。最晩年の内村につき従い、『恩師言――内村鑑三言行録・ひとりの弟子による』を残した。内村の写真を解説付きでアルバムにまとめたものや、内村から斎藤宛ての多くの書簡が国際基督教大学図書館内村鑑三記念文庫に収蔵されている。

内村鑑三とその時代

西暦（元号）	▽社会の出来事	▽内村鑑三年譜
1861（万延2）		江戸小石川の高崎藩藩邸に生まれる
1868（明治元）	江戸幕府廃止、明治新政府成立	
1877（明治10）	西南戦争	札幌農学校入学。翌年、洗礼を受ける
1884（明治17）		アメリカ留学
1887（明治20）		アマスト大学卒業。ハートフォード神学校入学
1888（明治21）		帰国。新潟の北越学館仮教頭就任。辞任して帰京
1889（明治22）	大日本帝国憲法発布	横浜かずと結婚
1891（明治24）		第一高等中学校の教育勅語奉読式で「不敬事件」を起こし退職。妻かず死去
1892（明治25）	黒岩涙香が新聞「万朝報」創刊	岡田しづと結婚
1893（明治26）		**『基督信徒のなぐさめ』**刊
1894（明治27）	日清戦争（～95）	娘ルツ誕生。「後世への最大遺物」と題し講演 *Japan and the Japanese* （**『日本及び日本人』**）刊
1895（明治28）		*How I Became a Christian* （**『余はいかにしてキリスト信徒となりしか』**）刊
1897（明治30）	足尾銅山鉱毒地の被害者、日比谷に結集	「万朝報」英文欄主筆に就く。**『後世への最大遺物』**刊。祐之誕生
1900（明治33）		「聖書之研究」創刊。無教会主義を唱える
1901（明治34）		足尾銅山鉱毒反対運動に参加。黒岩涙香、幸徳秋水らと社会改良団体「理想団」設立
1903（明治36）		日露開戦をめぐり非戦論を唱える
1904（明治37）	日露戦争（～05）	
1908（明治41）		*Japan and the Japanese* 改版の ***Representative Men of Japan*** （**『代表的日本人』**）刊
1912（明治45）		ルツ死去
1918（大正7）	第一次世界大戦終結（14～）	再臨運動を開始
1930（昭和5）		死去。満69歳

ブックス特別章

言葉という遺物

言葉はおそらく、人間がこの世に遺し得る、もっとも豊かな、また美しい遺物の一つです。文字は残るが、語られた言葉は残らない。一見するともっともなようですが、人生を顧みたときに実感はどうでしょうか。

文字には残っているが、記憶には刻まれていない。文字に記されてはいないが、あのときの言葉は、今も小さな炎となって進むべき道を照らしている。そうした経験はあるのではないでしょうか。

『後世への最大遺物』で内村が、「高尚なる勇ましい生涯」こそ、もっとも高貴な遺物だと語ったのはすでに見ました。たしかに書かれたものは、個々の人間の生涯の片鱗を伝えるに過ぎないと述べ、次のように語っています。

〔高尚なる勇ましい生涯という〕遺物は誰にも遺すことのできる遺物ではないかと

思う。もし今までのエライ人の事業をわれわれが考えてみますときに、あるいはエライ文学者の事業を考えてみますときに、その人の書いた本、その人の遺した事業はエライものでございますが、しかしその人の生涯に較《くら》べたときには実に小さい遺物だろうと思います。パウロの書翰《しょかん》は実に有益な書翰でありますけれども、しかしこれをパウロの生涯に較べたときには価値のはなはだ少いものではないかと思う。

（『後世への最大遺物』）

ここで注意をしなくてはならないのは、内村は言葉を軽んじているのではない、ということです。もし、そうであるなら、あれほど多くの言葉を遺した彼の人生の意味を無化することになってしまいます。彼はどこまでも生涯の意味を重んじる。それは何ものにも比べることのできない意味と価値を持つ。ですが、書くことは無意味だと述べているのではありません。

先の内村の一節の背景には『新約聖書』にある「ヨハネによる福音書」の終わりにある一節があるのかもしれません。

イエスの行われたことは、このほかにもたくさんある。その一つ一つを書き記すなら、世界さえも、その書かれた書物を収めきれないであろうと、わたしは思う。

（「ヨハネによる福音書」21・25　フランシスコ会聖書研究所訳）


イエスの生涯を書いてきた「ヨハネによる福音書」の作者は、その終わりにイエスの行いのすべてを言葉にすることはできない、といってその書を終えるのです。書き得たことは、姿を変えた、書き得なかったことの証しにほかならない。さらに人の一生を容れるのに言葉という器はあまりに小さい。これはイエスの場合だけではありません。書かれた言葉の奥に語り得ない生涯があることを見過ごしてはならないというのです。

どんな人の生涯も大いなるものに支えられた一生であり、そこは大いなるものが働く場でもある。そこにはどうしても文字にはならない隠された意味がある。

しかし、別な見方もできるようにも思えます。彼が信じたキリスト教は、言葉の宗教といえるくらい、言葉を大切にします。しかし、ここでの言葉は単に記号的な意味を表すものではありません。矛盾するように聞こえるかもしれませんが、言葉とは、言葉たり得ないものを見えないかたちで伝えるものでもあります。

難しいことではありません。私たちはこのことを日常生活で日々、経験しています。語ることで何かを伝えることもありますが、語ることの彼方で何かを伝えようとすることもあります。

毎日かわす挨拶を記号的に見れば、同じことのくり返しですが、そこに込められている意味は日々新たなものです。「いってらっしゃい」と声をかける。ここには、今日も一日無事でありますように、そして元気で帰ってきてね、という願いが籠っています。私たちはそのすべてを口に出さない。でも、それを感じ合うことができる。

「書く」ことの意味

第一章でふれたアメリカの思想家エマソンが、「書く」ことをめぐって興味深い言葉を残しています。現実を一つの円だとしたら、「書く」とは、その一部分である「弧」を描き出すに過ぎない。しかし、人は「弧」を見るからこそ、そこに円があることを想像できる。円を書くのはほとんど不可能に近い。しかし、「弧」でよいのであれば、私たちはもっと自由に自らの人生に起こったことを言葉に文字に移し替えることができるというのです。

もし、エマソンのいうことが本当であれば、「書く」あるいは「読む」ことの意味は大きく変わってきます。生涯という円の弧であるという認識があれば、自らの人生の実感を言葉にすることは、じつに重要な営みだということになる。

事実、『後世への最大遺物』でも内村は、熱意を込めて「書く」ことの意義を語っています。人は何を書くべきか、という問題にふれ、内村は「私は名論卓説を聴きたいのではない」と言ったあと、次のように言葉を継いでいます。

私の欲するところと社会の欲するところは、女よりは女のいうようなことを聴きたい、男よりは男のいうようなことを聴きたい、青年よりは青年の思っているとおりのことを聴きたい、老人よりは老人の思っているとおりのことを聴きたい。それが文学です。それゆえにただわれわれの心のままを表白してごらんなさい。ソウしてゆけばいくら文法は間違っておっても、世の中の人が読んでくれる。それがわれわれの遺物です。もし何もすることができなければ、われわれの思うままを書けばよろしいのです。

誰かがかかわりに書けるような文章ではなく、今の自分にしかつむげないものを記せばそれでよい。むしろ、どうしたらそのことだけに注力することができるかを考えなくてはならない、というのです。

若者が老成しているように装ったり、老年を生きる人が若々しく語ることに、内村は意味を認めません。それは結局のところ虚言に過ぎない。自分で自分を偽ることになる。悲しみにあるときは悲しく、悦びにあるときは悦びを、苦しみにあるときは苦しみをそのまま語ればよい。それが内村の言葉をめぐる信条でした。

ここでいう「書く」とは、何かをメモすることではありません。メモと「書く」ことは違います。電話番号を、ある場所の住所をメモする。このとき、誰もが同じ言葉を書き記します。また、何を書くかはメモする前に分かっています。

しかし、「書く」ということが行われるとき、様相はまったく変わってきます。漠然とした手応えがあって人は、何かを書き始めるのですが、本当に自分が何を感じ、何を考えているのかを知るのは「書く」ことによってではないでしょうか。考えたことを書くことに終始するのであれば、それがどんなに整っていても「メモ」の世界の出来事です。本当に「書く」という営みが起こるとき、人は書くことによって自分が何を考えているのかを認識するのではないでしょうか。

自分では当初思ってもみなかったことを書く、そうしたことはしばしばあります。手紙を書くときのことを想い出すと、「書く」という行為の秘密がよりよく分かります。

好意を伝えようとした手紙、憤りを伝えようとした手紙、あるいは長く言えなかったことが語られている手紙など、一生懸命に書いたが出さなかった、出せなかったという経験は誰にもある。

出せないのは、記されている文字が、当初の思いを超えて出てきているからです。さらにいえば、そこに現れている文字に自分自身が驚いているからです。思ったことを書いたのではなく、思っていた以上のことを書いたからではないでしょうか。

自分で書いた文字に驚くとき、人は書き手であると同時に読み手になっています。手紙は、誰か一人の心に届けばその使命を果たしたといってよいのですが、その受取人が相手ではなく、自分になったとき、人は手紙を出す必要を感じなくなる。

ペンを執る前は、どうにかして相手に言葉を送ろうと懸命になっていた。しかし、書くことによって言葉を必要としていたのは自分であることに気が付くのです。出さないのはむしろ自然なことにも思えてきます。手紙を出さなくてはならなかったのは、相手ではなく、自分だったともいえる。

メモは思っていることをみんなと同じように記すこと、「書く」とは、書くことによって自分が何を感じているのかを知ること、そしてその人しか書くことのできないものをこの世に産み出すことだと考えることができるのではないでしょうか。

先に内村は、文法が間違っていても心が籠った文章であれば、人の心に届く、と述べていました。また、人は整った文章だけを読みたいのではないとも述べていました。

心から発せられた言葉は相手の心に届く。頭で語られた言葉は頭に届く。本当の思いは文法的な乱れという壁を突き破って、人と人をつなぐ。

「書く」という営みが、とても個的な営みであるように、「読む」ということも個の世界での出来事です。「読む」、「書く」という営みは人にひとりであることを求めてきます。人は、ひとりでいるとき、切実な言葉に接することを求めることになる、と内村はいうのです。

何を書くのかよりも、誰に書くのか

書くことの意味が分かっても何を書いたらよいのかに迷ってしまう。しかし、誰に向けて書くかを先に考えるとこの問題は意外と簡単に切り抜けられるのかもしれません。内村の家には、高知県に生まれた、家の雑事を賄《まかな》ってくれる家政婦がいました。当時の女性は、今日のような学業の機会に恵まれてはいませんでした。そうした意味で彼女は無学な人でした。この女性が時折、手紙を書く。内村に手紙を手渡すのです。

彼女は手紙も高知の方言、土佐弁で書く。それを内村は「非常な手紙」であるといいます。「非常」とは「常ならぬもの」、とてもよい意味で常識を超えたものだというのです。「仮名で書くのですから、土佐言葉がソックリそのままで出てくる。それで彼女は長い手紙を書きます。実に読むのに骨が折れる。しかしながら私はいつでもそれを見て喜びます」と内村はいう。

毎日、顔を見ているのですから、話せばよい、ともいえますが、この女性はあえて書く。書くことでしか言葉にならないことがあるのを女性は本能的に知っている。

また、書かれた言葉は読まれることによって完成に近づき、さらに書かれることによって変貌していきます。そのことも彼女は分かっていたように思います。つたない言葉でも、信頼する内村に読まれることで言葉の意味が深化していくことを、どこかで感じている。もちろん、内村もまた、手紙の意味、手紙に宿る秘められた意味を深く認識していた。講演で内村は「いろいろの世話をいたします。ある時はほとんど私の母のように私の世話をしてくれます」と述べていて、二人のあいだには家族にも似た深い信頼と情愛があったことをうかがわせます。

この女性は身の回りの世話をするだけではありません。いつも内村の無事を祈っていました。その姿を内村は、画家が小さな宝珠を描き出すように語っています。

毎月三日月様《みかづきさま》になりますと私のところへ参って「ドウゾ旦那さまお銭《あし》を六厘」という。「何に使うか」というと、黙っている。「何でもよいから」という。やると豆腐を買ってきまして、三日月様に豆腐を供《そな》える。後で聞いてみると「旦那さまのために三日月様に祈っておかぬと運が悪い」と申します。私は感謝していつでも六厘差し出します（大笑）。それから七夕様《たなばたさま》がきますといつでも私のために七夕様に団子だの梨だの柿などを供えます。私はいつもそれを喜んで供えさせます。その女が書いてくれる手紙を私は実に多くの立派な学者先生の文学を『六合雑誌』などに拝見するよりも喜んで見まする。それが本当の文学で、それが私の心情に訴える文学。……文学とは何でもない、われわれの心情に訴えるものであります。

私が少年の頃もお月見の習慣は残っていました。豆腐ではありませんでしたが、やはり月に供物をささげて、家族でしばらく月を眺めていたのを想い出します。月を愛でるだけでなく、今に感謝し、家族の無事を祈るのです。

ここで内村が月見や七夕の話をしているのは、自分とは異なる信仰をもつ者としてこの女性を紹介しているのです。

微笑ましく語っていますが、内村に彼女の信仰を軽んじる気持ちはありません。内村の話を聞く聴衆は笑っていますが、内村は女性の実直さに打たれている。彼女は内村にとって生きることと信じること、生きることと書くことのあいだに齟齬《そご》がない人の典型として認識されている。

『六合雑誌』というのは、当時刊行されていたキリスト教の雑誌のことです。そこには時代を牽引《けんいん》する神学者、聖職者の言葉が印刷されている。そこにあるどの文章よりも、どちらかというと無学な女性の言葉を愛す、と内村はいうのです。

真に文学と呼ばれるものは、作家によって書かれるとは限らない。問題は、いかにそのひとのおもいが、素朴に偽りなく表現されているかにある。文学とは技巧を凝らした言葉のありようではなく、心情と熱意に貫かれた言葉の顕われだと内村は信じている。

文学にはさまざまな様式がありますから、ここで内村が語っているものだけが文学だというのは語弊がある。しかし、彼がどんな言葉を重んじていたかは、はっきりと分かります。彼は本当のものを愛した。本物らしく作られたものを拒んだのです。

裸の心を「書く」

自分しか知り得ない人生の経験は誰にもあります。それをかけがえのないものとして愛しむこともありますが、その一方で軽んじることがある。自分が経験していることなど取り立てて語るには及ばないと思う。しかし、そう感じつつも、自らの胸のうちを誰かに打ち明けたい。誰かに理解してほしい。さらには胸中にある出来事を光で照らし出したいと感じることもある。

エドガー・アラン・ポー（一八〇九〜四九）という文学者がいます。十九世紀アメリカを代表する小説家であり詩人です。彼の言葉は遠く海をわたってフランスの詩人たちにも大きな影響をもたらしました。この人物が、内心を描くということの意味、さらにいえばその革命性をめぐる衝撃的な言葉を残しています。

人類の思想、常識、感情を、一気にひっくり返そうという野心のある者がいるなら、それは容易に実行できる。ただ、小さな一冊の本を書けばよい。その著作の題名は「赤裸の心」である。ただし、この本はその題名のとおりでなくてはならない。〔中略〕だが、それを実践する勇気をもった者はこれまでいなかった。勇気があったとしても、それを書くことができないのである。試みてみるがよい。紙は、灼熱したペンにふれ、燃え上がり、消え去ってしまうだろう。（筆者訳）

真実を記そうとするペンは、熱を帯び、その紙を焼き尽くす、とポーはいいます。ここにあるのは熾烈な比喩ですが、同時に彼の心の光景をまざまざと描き出しているのかもしれません。

人は、言葉を書くことによって、容易に言葉になろうとしない何かをいっそうはっきりと感じる。文字という見える言葉で文章を書くことはそのまま、心のなかで見えない文字によってその深みの光景を描き出すことになる。そこで言葉は光となって、私たちの道を照らすことがある。ポーは、そうした経験を先の一節で表現しようとしたようにも感じられます。

この一節は『マルジナリア Marginalia』と題する著作に記されています。「マルジナリア」とは、本の余白に記す書き込みのことですが、人はしばしば、こうした、ほとんど人が顧みない場所に期せずして真実を書き連ねることがあるというのでしょう。ポーの言葉を信じて、文章を書いてみる。そこに本を読むのとは別種の手ごたえを実感できると思います。

二十世紀日本を代表する批評家のひとりで、小説家でもあった中村光夫（一九一一〜八八）という人物がいます。彼は若いときフランスに留学して、二十世紀を代表する詩人であり哲学者ポール・ヴァレリーの講義を受けています。そこでテキストとなったのが、ポーの論考『ユリイカ』でした。講義の途中、ヴァレリーはポーの生涯にふれ、こう語ったというのです。

「ポオは死ぬ間際までこの理論に非常な愛着を持っていた。そして酒場に行っては、労働者やなにかの相客に金を払ってまで聴手になってもらって、そのまえでこれを朗読した」というようなことを云って一寸悲しそうな顔をしてしばらく黙ってから、思いなおしたように「文学史にはこういう奇妙な挿話が時にある」と普通の調子でつけたしました……（中村光夫『戦争まで』）

今日、アメリカ文学史を書くとき、ポーの名前にふれずに書くことはできません。しかし、生前に彼の言葉の意義に気が付いた人はほとんどいませんでした。そればかりか、ポーは酒場で、日ごろはあまり詩にふれることも少ないであろう人々に、ポーがお金を払って、自分の言葉を聴いてもらったというのです。

先に書かれた言葉は読まれたときに生命を帯びると述べましたが、ここで実践されているのも同質のことです。

酒場に集まっている人にその場で原稿を読んでもらうことはできない。ならば聞き手になってもらおうとポーは考える。自分の言葉をどうにかして他者の心に届けずにはいられない。彼の行為を徒労に過ぎないと考えることもできます。しかし、こうした一見無駄に映る行為を経たからこそ、ポーの言葉は文学の歴史に不朽の位置を占めているということもできるのだと思います。

真の文学が生まれる場所

文学は、「ありのまま」を書かれたところに生まれる。内村はそう信じている。彼はそれを実践しようとつとめましたし、それを体現したためなのか、内村の周辺には、将来、文学者として仕事をする人々が集まってきました。

先にふれた正宗白鳥は別にすると、有島武郎、志賀直哉、武者小路実篤、長与善郎といった名前を挙げることができます。彼らはのちに雑誌『白樺』を創刊し、白樺派と呼ばれることになる人々です。なかでももっとも交わりが深かったのは有島ですが、あるときから彼は内村から離れていきます。他の三人も内村に強く魅せられながら離れていく。ほかにも劇作家の小山内薫や、太宰治も内村を愛読していました。

「ありのまま」を描くのが文学であるというところにおいては、文学者と内村のあいだに相違点はないのですが、何を「ありのまま」とするのかをめぐっては大きな違いがありました。

内村にとって「ありのまま」であるとは、大いなるものによって生かされている現状をそのまま告白することにほかなりません。しかし、文学者にとっての「ありのまま」

とは日々、生き、感じているままを、なるべく忠実に表現することでした。内村は「生かされている私」の眼から世界を語った。一方、文学者たちは「生きている私」の眼から世界を描いたといえるかもしれません。

『後世への最大遺物』で内村は、ジョン・バニヤン（一六二八～八八）――内村は「バンヤン」と書いてます――という人物を紹介します。彼こそ、内村にとって「心のありのまま」を書き得た者でした。「チットモ学問のない人」でしたが、二冊の本だけは誰にも負けない熱意を持って読んだ。そして『天路歴程』という不朽の作品を書いた。

彼が読んだ本の一冊目は『聖書』、そしてもう一冊は『ブック・オブ・マータース』（"*Book of Martyrs*"）、殉教者の列伝でした。『聖書』はさておき、二冊目の殉教者伝は表記上、文法上の誤りも多く、とても読みにくい。若き日に内村もそれを手にしたが「十ページくらい読むと後は読む勇気がなくなる本である」というくらい、それを読み通すのは困難だった。しかし、バニヤンはこれらをしっかりと読んだ。そして「私はプラトンの本もまたアリストテレスの本も読んだことはない、ただイエス・キリストの恩恵《めぐみ》にあずかった憐れなる罪人であるから、ただわが思うそのままを書くのである」と述べ、古典となるような物語を書いた。

講演で内村は、無学であったバニヤンの心は、神の前で容易に裸になり得たことに注目しています。ここに先の家政婦の女性が重なっているのはいうまでもありません。書くのであれば、バニヤンのような態度で文字を紡がなくてはならない。それは人間が造った言葉ではなく、たしかに出会った言葉だというのです。

それでもしわれわれにジョン・バンヤンの精神がありますならば、すなわちわれわれが他人から聞いたつまらない説を伝えるのでなく、自分の拵《こしら》った神学説を伝えるでなくして、私はこう感じた、私はこう苦しんだ、私はこう喜んだ、ということを書くならば、世間の人はドレだけ喜んでこれを読むか知れませぬ。今の人が読むのみならず後世の人も実に喜んで読みます。バンヤンは実に「真面目なる宗教家」であります。心の実験を真面目に表わしたものが英国第一等の文学であります。それだによってわれわれのなかに文学者になりたいと思う観念を持つ人がありまするならば、バンヤンのような心を持たなくてはなりません。彼のような心を持ったならば実に文学者になれぬ人はないと思います。

これまで読んできた『代表的日本人』や『基督信徒のなぐさめ』は、内村が「私はこう感じた、私はこう苦しんだ、私はこう喜んだ」ということを「ありのまま」に語った本でした。ただ、内村はそれらを語るとき、いつも大いなるものとのつながりのなかで言葉を生み出していました。「私」を中心とした世界ではなく、「天」「仏」「神」、何と呼んでもよいのですが、人間を超えた大いなるものを中軸にしながら、それとの交わりのなかで語る。それが内村にとっての真の意味における「文学」だったのです。先の一節にある「文学者」も、単に職業として作家や詩人になろうとする人、ということではありません。言葉によって、この世界の意味を語ろうとする人、というほどの意味です。

人は誰もこころのなかに「文学者」を潜ませています。さらにいえば内なる詩人が宿っています。その「彼」あるいは「彼女」に「ありのまま」の声を語らせよ。それが真実の声であるならば、そこに浮かび上がるのは真摯な告白、美しき讃歌となる、そう内村は感じている。

また、先の一節で内村は、バニヤンを「真面目なる宗教家」であると述べていました。彼はここで「宗教家」と「文学者」を分かちがたい一つの存在として語っています。真の文学者はいつも内なる宗教家を秘めている。内心の真実を、大いなるものに導かれながら語るとき、そこには文学だけでなく、宗教と呼ぶべきものも同時に体現される。内なる文学者の目覚めは、同時に内なる宗教者が語り始める時節が到来したことを告げ知らせる、というのです。

内なる文学者、内なる詩人

『後世への最大遺物』を聞いているのは、主に若者たちです。彼らに内村が、どんな本を読むべきかよりも強く「書く」ことの意義を述べているのは、注目してよいと思います。若者たちは、世界のはたらきや人間の心を知ろうとして多くの本を手に取ろうとする。しかし、内村はその熱情を少し「書く」ことの方に傾けてはどうかと促すのです。

本を「読む」ことは、それを書いた人との対話だといえると思います。文章を「書く」ことは自己との対話です。読んでばかりいるとき、人は他者の語る言葉にばかり心を奪われている。そうしたときは、心のなかで内なる賢者がつぶやくように語りだしても聞き逃してしまう。先に手紙を書くことにふれましたが、手紙だけでなく、「書く」という行為は、必然的に自己との対話になっていく。人はしばしば、内心にあるものを遠くの場所に探しにいく。

人生における迷いとは、どこに進むべきか分からなくなったということばかりではありません。近くにあるものを遠くに探しに行くこともまた、かたちを超えた「迷い」なのではないでしょうか。「書く」ことは、私たちをしばしば道しるべのところまで案内してくれます。

人が「文学者」になれないのは、うまく書けないからではない。心の深みとのつながりを見失っているからだと内村は、講演で若者たちに語りかけます。

われわれの文学者になれないのは筆が執《と》れないからなれないのではない、われわれに漢文が書けないから文学者になれないのでもない。われわれの心に鬱勃《うつぼつ》たる思想が籠《こ》もっておって、われわれが心のままをジョン・バンヤンがやったように綴ることができるならば、それが第一等の立派な文学であります。カーライルのいったとおり「何でもよいから深いところへ入れ、深いところにはことごとく音楽がある」。実にあなたがたの心情をありのままに書いてごらんなさい、それが流暢なる立派な文学であります。

心の奥底では、意味は音楽のようにたゆたっている。その音色を言葉によってすくいあげること、それが真の文学だというのです。

音楽を言葉で表現するのですから、完全に行うことはできません。しかし、真摯に記された言葉の奥には音色というほかない響きがあることを私たちは、古典と呼ばれるさまざまな作品に接したときに感じているのではないでしょうか。

私の『代表的日本人』

『代表的日本人』を読む、ということからこの試みは始まりました。しかし私たちは、内村鑑三の『代表的日本人』を読むだけでなく、自分にとっての「代表的日本人」を選び、その生涯を描き出すことができます。自分の『代表的日本人』を書くことができるのです。どの生涯にも人生の秘義というべき隠された叡知が宿っている。だからこそ内村は、本当に感じていることであれば思うままを書けばよいというのでしょう。

選び出される人は、必ずしも歴史上に名前が残る人物でなくてもかまいません。内村の心中にも別な「代表的人間」がいたはずです。

そこに連なるのは、「不敬事件」で世間からの糾弾にあったとき、どこまでも自分を信じ、病から救い出してくれた妻かもしれません。高知から来たあの女性、亡くなった娘、彼の父、彼の師、彼の友なのかもしれません。

影響の深度を考えたとき、身近に接した人々は、どの歴史的な人物よりも強く、濃く、また烈しく、私たちの人生にその足跡を残しているのではないでしょうか。

同じ人生は二つありません。自らの人生で深く交わり、衝撃を受けた者の人生を描くことは、歴史上の偉人の生涯を描き出すのに勝るとも劣らない意味があります。

偉人の生涯ではなく、生涯の真実を書くことができれば、どんな人間を通じても、人は誰も偉大な、かけがえのない一名であることがまざまざと浮かび上がってきます。

さらに、私たちは自分の生涯を書くことができます。文筆家としての内村は、自伝的な著作から出発しています。

最初の著作となった『基督信徒のなぐさめ』のあと、彼は『余はいかにしてキリスト信徒となりしか』という自伝を書いています。同質のことは私たちにも行うことができます。「私はこう感じた、私はこう苦しんだ、私はこう喜んだ」という出来事を「ありのまま」に書きさえすれば、そこにおのずと文学は生まれるのです。

心をささげる

最後に、内村が『基督信徒のなぐさめ』に記していた一節を引いて、終わりたいと思います。

事業とは我らが神にささぐる感謝のささげ物なり、
しかれども神は事業に勝るささげ物を我らより要し賜うなり、
すなわち砕けたる心、小児のごとき心、有のままの心なり、

汝今事業を神にささぐる能わず、ゆえに汝の心をささげよ、
神の汝を病ましむる多分このためならん、

原文は改行なく記されていますが、ここではあえて詩のように引いてみました。内村は幾つか詩を残していますが、様式はどうあれ、彼の言葉は詩情に貫かれています。「事業」とは人間が成し遂げたことです。それを神にささげるのもよい。しかし、神はさらに優れたささげものを人間に求められる。それは「砕けたる心、小児のごとき心、有のままの心」である。世にいう「事業」を神にささげることができないなら、自らの心を神にささげよ、と内村はいう。

私たちが心のありかを強く感じるのは苦しみにあるときです。心身において病み、苦しみのなかにいる。それは、傷ついた心をそのまま神にささげよという促しにほかならない。

苦難にあるとき、人はもっとも神の近くにある。苦難にあるときこそ、人はその生涯を通じて、もっとも豊かに働き得る。そこで働くのは単に人であるだけでなく、「神」と共にある「人」だからである、そう内村は信じているのです。

読書案内

◉内村鑑三著作

『後世への最大遺物・デンマルク国の話』（岩波文庫）
『代表的日本人』鈴木範久訳（岩波文庫）
『基督信徒のなぐさめ』（岩波文庫）
『余はいかにしてキリスト信徒となりしか』鈴木範久訳（岩波文庫）

本書に関係する内村の著作であり、彼の代表作でもあります。この四書を読むことで内村鑑三という人物の輪郭はつかめるように思えます。また、講演・随想・自伝というさまざまな内村のことばの形態を見ることもできます。

『内村鑑三所感集』（岩波文庫）

ここでの「所感」とは、内村自身が経営していた雑誌『聖書之研究』に寄せた短文の呼称です。この様式は内村の思想によく合っていました。内村による「内村鑑三入門」のようでもあり、内村の信仰、霊性の行方を大きく感じることができると思います。

◉内村鑑三論

鈴木範久『道をひらく　内村鑑三のことば』（ＮＨＫ出版）
鈴木範久『内村鑑三』（岩波新書）
鈴木範久『内村鑑三の人と思想』（岩波書店）

内村鑑三研究は、鈴木範久氏の業績によって一つの峰が築かれたといえます。どれも主体的な関心に貫かれた視座をもちながら、学問的にも信頼できる著作になっています。右から順に読んでいくと内村鑑三の世界に入っていきやすいかもしれません。

富岡幸一郎『内村鑑三』（中公文庫）
新保祐司『内村鑑三』（文春学藝ライブラリー）

文芸批評として単著で内村鑑三を論じた、今もなお、重要な里程標となっている二作品です。「研究」とは異なる視座から見た内村像にふれることができます。二十世紀でもっとも影響力をもったプロテスタントの神学者カール・バルトとの対比や小林秀雄、保田與重郎などとの関係も論じられています。

若松英輔『内村鑑三をよむ』（岩波ブックレット）

本書の原点となった著作ですが、『基督信徒のなぐさめ』と内村の死者論に言及しています。

◉『代表的日本人』に関して
西郷隆盛『南洲翁遺訓』猪飼隆明訳・解説（角川ソフィア文庫）
横山昭男『上杉鷹山』（吉川弘文館）
二宮尊徳『二宮翁夜話』（岩波文庫・中公クラシックス）
中江藤樹『翁問答』（岩波文庫）
日蓮『立正安国論』佐藤弘夫訳注（講談社学術文庫）

ここに挙げた著作は、上杉鷹山をのぞいて、内村が取り上げた五人の「代表的日本人」の言葉を直《じか》に読めるものです。通読できなくてもその一部にふれるだけでも、『代表的日本人』により深い味わいが感じられてくるように思います。

◉内村鑑三の系譜
矢内原忠雄『内村鑑三とともに』（東京大学出版会）
『余の尊敬する人物』『続　余の尊敬する人物』（岩波新書）
三谷隆正『幸福論』（岩波文庫）
藤井武『沙漠は番紅花《サフラン》の如く』（『藤井武全集』第三巻）
神谷美恵子『生きがいについて』（みすず書房）

ここに挙げた四人は内村の弟子といってよい人々です。神谷をのぞいては、直接内村を知る人々の著作です。人間・内村鑑三を知るだけでなく、その思想の継承の跡をまざまざと感じることができます。

神谷美恵子の叔父金沢常雄が内村の弟子で、神谷は三谷を敬愛し、藤井の著作から大変大きな影響を受けています。

◉同時代の思想

新渡戸稲造『武士道』矢内原忠雄訳（岩波文庫）

岡倉天心『茶の本』村岡博訳（岩波文庫）

『東洋の理想』富原芳彰訳（講談社学術文庫）

夏目漱石『私の個人主義』（講談社学術文庫）

山崎弁栄《べんねい》『人生の帰趣』（光明修養会）

内村鑑三は江戸時代の末期に生まれ、明治、大正、昭和と四つの時代を生きました。文字通りの激動の時代でしたが、そうした状況下では、変わるものと変わらないものを見定めていく必要があります。この五書は、激変のなかでいかに普遍を見つめ続けられるかという問題点を強くふまえつつ、日本の現在、世界との関わり、さらには人間と人間を超えるものとの関係を考えた近代日本の名著です。

それぞれ武士道、茶道、美術、文学、宗教を論じていますが、どれも広義の霊性論です。内村との共振を感じながら読んでみてください。ことに山崎弁栄は、宇宙論において内村と強く響き合います。

『武士道』にはさまざまな訳がありますが、新渡戸稲造、内村鑑三の双方と面識があり、その霊性を深く理解している矢内原忠雄の訳をすすめたいと思います。

あとがき

「古き聖書を読んで新しき聖書を作らざる者は、聖書を正当に解釈せし者にあらず。聖書はなお未完の書なり。しかしてわれらはこれにその末章の材料を供せざるべからず」（内村鑑三「聖書と生けるキリスト」）。聖書は未完の書である。それを手にする者は、記されている言葉を読むだけでなく、その言葉を生きて、新しく書かれるべき一章の基となるような生涯を送らねばならないと内村はいうのです。

一言で「生きる」といってもなかなか大変です。そこで最初の一歩としておすすめしたいのが「書く」ことです。思いを書くのが難しければ、この本で引かれている内村の言葉を書き写すだけでもよいと思います。

本を読むだけで終わりにするのはもったいない。動かされた言葉を書き、できればそれを声に出してみる。すると言葉は、まったく新しい世界を私たちの前に切り拓いてくれます。

この本の原型はＮＨＫ・Ｅテレの「１００分de名著」のテキストでした。私を解説者に選んでくれたのはプロデューサーの秋満吉彦さんです。秋満さんとの出会いがなければすべては始まりませんでした。

テキストは「語り」の要素を生かすために小さな講義のようなものを何回か行い、形を確かめながら作っていきます。そのときの文章をまとめてくださったライターの丸山こずえさん、NHK出版の編集長（番組制作時）の加藤剛さん、そして本多俊介さんにはとりわけお世話になりました。

番組制作を経て新たに気づかされた点も少なくありません。あの番組には見えないところで重要な働きをしている人々が沢山います。収録のときにお世話になった皆さん、ことにテレコムスタッフのディレクター今井亜子さんには本当に助けられました。進行役の伊集院光さんと武内陶子さんにも種々有益な示唆をいただきました。この場を借りて皆さんに心からの御礼を申し上げたいと思います。

二〇一七年九月二十七日

若松　英輔

本書は、「ＮＨＫ１００分de名著」において２０１６年1月に放送された「内村鑑三　代表的日本人」のテキストを底本として加筆・修正し、新たにブックス特別章「言葉という遺物」、読書案内などを収載したものです。なお内村鑑三『代表的日本人』の引用は、岩波文庫版（鈴木範久訳、二〇一二年第三十六刷）に拠ります。

装丁・本文デザイン／菊地信義
編集協力／丸山こずえ、福田光一
図版作成／小林惑名、山田孝之
エンドマークデザイン／佐藤勝則
本文組版／㈱CVC
協力／ NHKエデュケーショナル

p.1　1928年の内村鑑三（国際基督教大学図書館所蔵。撮影／龍野 倫　p.13、p.51、p.117も同様）
p.13　内村は、アメリカ時代に愛用した『聖書』の見返しに自分の墓碑銘を書いていた
p.51　1909年、書斎にて
p.83　日蓮大聖人御尊像（池上本門寺所蔵）
p.117　聖書研究会で講義する内村

若松英輔（わかまつ・えいすけ）
1968年新潟県生まれ。批評家、随筆家。東京工業大学リベラルアーツ研究教育院教授。慶應義塾大学文学部仏文科卒業。2007年「越知保夫とその時代 求道の文学」にて第14回三田文学新人賞評論部門当選、2016年『叡知の詩学 小林秀雄と井筒俊彦』（慶應義塾大学出版会）にて第2回西脇順三郎学術賞受賞、2018年『詩集 見えない涙』（亜紀書房）にて第33回詩歌文学館賞詩部門受賞、『小林秀雄 美しい花』（文藝春秋）にて第16回角川財団学芸賞受賞。著書に『イエス伝』（中央公論新社）、『魂にふれる 大震災と、生きている死者』（トランスビュー）、『生きる哲学』（文春新書）、『霊性の哲学』（角川選書）、『悲しみの秘義』（ナナロク社）、『内村鑑三 悲しみの使徒』（岩波新書）、『種まく人』『詩集 幸福論』『常世の花 石牟礼道子』（以上、亜紀書房）、『若松英輔 特別授業 自分の感受性くらい』（NHK出版）など多数。

NHK「100分de名著」ブックス
内村鑑三　代表的日本人　～永遠の今を生きる者たち

2017年10月25日　第1刷発行
2022年 3 月25日　第4刷発行

著者―――若松英輔

発行者―――土井成紀

発行所―――NHK出版
〒150-8081　東京都渋谷区宇田川町41-1
電話　0570-002-042（編集）　0570-000-321（注文）
ホームページ　http://www.nhk-book.co.jp
振替 00110-1-49701

印刷・製本―広済堂ネクスト

Printed in Japan　ISBN978-4-14-081724-7　C0090

NHK「100分de名著」ブックス